GOBOOKS & SITAK GROUP©

GOBOOKS
& SITAK
GROUP©

三日月書版

三日月書版

4
YY的劣跡
illust 瑞讀
Play it out
三日月書版
輕世代 BL068

THE PRAYER
Vocalist
Yan Huan
Guitarist
Fu Sheng
Drummer
Xiang Kuan
Bassist
Yang Guang

The Prayer Full Album

PRAY IT OUT

The Prayer Full Album
PRAY IT OUT!! Vol. 4 Playlist

悼亡者
The Prayer
Band Member Profile
嚴歡
Character File 001
BAND
MEMBER
Yan Huan
Age
17
Position
主唱 Vocalist
骨子裡就帶著叛逆的小孩。
不想對世界妥協，不想理會大人的規則，討厭被束縛。

付聲

Character File 002

Fu Sheng

Age	Position
23	吉他手 Guitarist

不從眾的天才吉他手。
對音樂抱持純粹的堅持，了解搖滾，了解自己想要什麼。

悼亡者
Prayer
Band Member
Profile
BAND
向寛
Character File 003
Xiang Kuan
Age
25
Position
鼓手 Drummer
普通的好人，
有著雜草般的韌勁。
有時候會發現他不為人知的一面。

悼亡者
The Prayer
Band Member
Profile
BAND
陽光
Character File 004
Yang Guang
Age
25
Position
貝斯手 Bassist
只有外表陽光的毒舌青年。
看起來很聰明，實際上卻有點傻。

01

#Pray it out

不要放棄

雷新垂頭喪氣地從總編室出來，他剛才又有一篇報導被否決了，未能發表。算起來，這是這週他被總編斃掉的第九篇報導，而今天不過才週二而已。

「我們需要的是新聞，新聞！你知道什麼是新聞嗎？」

總編的罵聲似乎還迴響在耳邊，雷新聳了聳肩，學舌道：「新聞，新聞，放著立委和小祕書的調情照片不許放，你要狗屁新聞啊！」

他走出總編室，看著緊接著進去的下一個人，煩躁地踢了一下牆。

嘭！

「我靠，痛痛痛！」

當然，牆不會痛，痛的還是他自己。

雷新蹲下捂著腳，滿臉厭世，「我怎麼這麼倒楣啊我。」

做啥啥不順，吃啥啥不香，在這個小報社聽地中海的總編飆罵，做著最底層的工作，每天都想著要怎麼討好上級。活著真是鬱悶！太讓人厭世了！哪像那些……那些……

又想到了昨天在公園遇到的樂團，雷新的表情頓時變得訕訕然，想起自己被付聲毫不留情拒絕的場面。

「什麼啊，不就是一支小樂團嘛，明天的飯錢都還不知道在哪呢。」雷新知道的，按目前國內獨立樂團的發展趨勢，能混飯吃的不過是十之一二，大部分樂手都還在為溫飽而奔波。比起只有今朝沒有明日的樂手們，他這個有固定薪水穩定工作的實習記者，已經算是鐵飯碗了。

然而那群人竟然如此瞧不起他，哼！雷新氣呼呼地站了起來，就讓那些傢伙抱著夢想去要飯吧！他就算在這裡舔總編的腳趾，也比那些不知道明天在哪裡的流浪樂手好。

哼哼，以後再也不去看樂團表演了。雷新心道，再去做這種熱臉貼冷屁股的事情，我就是王八蛋，王八蛋！

「嚴歡呢？」

樂鳴掀開帳篷，探頭進去敲了敲，沒找到人。

「嚴歡啊，他一早就跟付聲出去了，你要找他嗎？」

向寬從旁邊走過來，邊收拾帳篷邊問。

「那算了，我就是怕他走丟，等一下就要出發了，你們看好他就行。」樂鳴揮揮手，就要走遠。

「哎，妳要是真的有事找他，直接看付聲在哪，有付聲在的地方一定會看到嚴歡，他們焦不離孟、孟不離焦的。」向寬話音剛落，就見樂鳴一臉厭煩地揮了揮手，似乎對他的這個建議很不感冒。

「這兩個人……究竟是怎麼回事啊，好像彼此都互看不爽嘛。」向寬看著樂鳴走遠的背影，喃喃道。

「也許是同性相斥？」陽光道。

「同性個屁啊，他們明明是一男一女好嗎？」向寬鄙視之。

陽光回以笑容，「我說的同性是指……呵呵，算了，不跟你說。」

「你什麼意思？小看我？喂，陽光，別走！把話給我說清楚，為什麼不跟我說？你以為我聽不懂嗎？喂，喂！」

當下午付聲帶著嚴歡回來的時候，所有人驚訝地看到，嚴歡戴了一張嚴密的口罩，把半張臉都遮住了。

「這、這不是去看喉嚨的嗎，為什麼要遮臉啊？」

對於這樣的問題，付聲回答道：「因為他病了。」

「我知道他病了，但是這和口罩有什麼關係，感冒了？」

付聲冷哼，「傻瓜怎麼會感冒？」

嚴歡怒瞪，以示不滿，付聲揉了揉他的腦袋，對大家解釋道：「用嗓過度，醫生建議最近幾天他少開口，儘量不要說話。」

「所以你買個口罩給他戴，就算是封住了他的嘴巴？」陽光好奇道，「這有用嗎？」

付聲眼神偏轉，輕輕地瞥了一眼嚴歡。

「如果沒用的話，我自然會用其他方法封住他的嘴。」

嚴歡立刻覺得背後升起一股寒意，顫了顫，連忙大力地對著付聲點頭，保證自己一定遵從醫囑，誓死也不開口說一句。

付聲這才滿意地收回視線。

「不要忘記吃藥。」

他最後囑咐了嚴歡一句，便和其他人一起去幫忙收拾東西。說起來，雖然付聲這人平時看起來很傲慢，但事實上他並不是那種會把事情都甩手交給別人去做的人。該幹的粗重工作，該幫的忙，他一樣都沒有少做，也沒有抱怨。

這樣相比起來，嚴歡覺得自己才像是拖後腿的那個，不僅幫不上忙，現在更是身染「重疾」。

哎，嚴歡欲仰天長嘯，摸了摸喉嚨想想，還是決定在心裡默默咆哮一下就好了。

東西整理好準備走人的時候已經快到中午了，嚴歡作為一個不能出力的勞動力，被大家指派了一個買午餐這樣的跑腿工作，他屁顛屁顛地拿著兩張小朋友就去了。

路過小樹林，路過小正太，路過小花壇，路過……哎，那人好像有些眼熟啊。嚴歡看著花壇後方一個鬼鬼祟祟的身影，他悄悄放輕腳步，走到那人背後，伸手，「啪嗒」拍了一下。

「媽呀！」

心裡有鬼的雷新一個縱躍跳起，踉蹌地倒退幾步。

嚴歡好奇地看著他，揮了揮手。

——你在這幹嘛？

雷新驚魂未定，看見在身後突襲自己的竟然是一個帶著口罩的傢伙，遲疑了好久，最後才有些猶豫道：「你是……嚴歡？」

——是我是我。

嚴歡連連點頭，伸出手與雷新握了握。又指了指雷新，再指了指那邊不遠處的樂團伙伴們，做出個疑惑的表情。

雷新咳嗽一聲，「我只是路過，順便過來看看、看看公園賣臭豆腐的！對了，我就是來吃臭豆腐的，你要吃嗎？」

嚴歡掙扎著搖了搖頭，他喉嚨這種情況，被付聲吩咐只能喝粥。

「哦，你不能說話，喉嚨還沒好？」雷新立刻悟了，「那一定要好好吃藥，知道嗎？」

——知道知道，不用你說我也知道。

「對了，你們在整理東西，是準備走了？下一站去哪？我就問問……沒別的意思。」

嚴歡聳了聳肩，又指了指天。意思是，下一站去哪只有天知道。雷新見他這副模樣，倒是笑了。

「哈哈！你們啊，你們這些人真是……」他笑到最後，卻變得有幾分苦澀，「真是瀟灑，世界再大好像都能讓你們走遍似的，也真不怕吃苦。」

他想起今早自己被總編斃掉的稿子，想起這個月自己第六個相親失敗的女生，想起自己二十七八了還只能騎一輛自行車，存款連一間廁所都買不起。半天，他幽幽一嘆。

「你們這些人倒好，不用擔心生活啊錢啊，每天活在自己的夢想裡，真是幸福，太他媽讓人羨慕……」

啪，啪啪，啪啪，嘭！

嚴歡用力地在他肩膀上拍打了幾下，十分大力，最後甚至都把雷新拍得後退了一步。

他指著自己，又指了指喉嚨，最後指了指付聲那邊，想了想，擺了個累癱的姿勢。

——我每天被付聲操死操活地學吉他，我也很累的好不好！

然後，又掏出手機，給雷新看一張照片。那上面是一個肥嘟嘟的小嬰兒，笑得流了滿下巴的口水。嚴歡指了指照片上的嬰兒，嚴肅地指了指自己，用兩根手指搓了搓，示意鈔票。

——老子也是要養家的人。

這下雷新真的驚悚了，他看著嚴歡，就像在看一隻新品種的大猩猩。

「這是你兒子？你有兒子了?!」

靠！嚴歡怒了，再翻出自己爸媽的照片，又比劃了一番。這下雷新總算明白了，笑了一聲。

「這是你弟弟？滿可愛的，不過你不會是打算自己賺錢養活弟弟吧？你這小子，連自己都還養不活呢……」雷新笑了幾聲，打算和嚴歡開玩笑，可他幾聲乾笑下來，沒有得到回應。

再回首看去，嚴歡正看著他，一臉嚴肅。那認真的眼神就像是在說，我就打算憑我自己養活我弟弟，不行嗎？

我想靠當樂手養活我的家人，不行嗎？

夢想與現實一起奮鬥，不行嗎？

只是一個眼神，雷新卻覺得自己好像在裡面看到了很多。一個年輕人的堅持，和他那看起來滑稽又不現實的執著。

雷新漸漸地笑不出來了。

嚴歡突然想起自己買午餐的任務還沒完成呢，連忙對雷新揮了揮手，告別。

而雷新站在原地，看著戴口罩的嚴歡跑遠，他又回頭，看著那邊在整理行裝的一群年輕人。

烈日炎炎下，那些原本孤高傲慢的樂手，每一個都忙得汗流浹背。他們搬運著沉重的樂器，就像是在搬運自己那沉重的夢想。

彎下腰，卸下傲慢，在現實面前低下身，但這卻是他們心甘情願的，為了自己拚搏實現的夢想而甘願的！

雷新突然覺得很無聊，無聊！

自己心底的羨慕與嫉妒，擅自認為樂手都是吃白飯的逐夢者的想法，多麼空虛和無趣！

這世上哪一個人活著不是在與現實搏鬥？而自己卻選出了許多放棄的理由，總是認為自己才是最委屈的那個，羨慕樂手們的瀟灑，羨慕他們敢於追逐夢想，嫉妒他們的放縱恣意。

明明是自己放棄了，卻去嫉妒別人，這不是最愚蠢的事情嗎？

雷新轉身，離開公園。

他要回去加班，去寫這個週的第十篇稿子。

不行的話，就去寫第十一、十二……一百篇稿子，總有一篇能過的！

先放棄了，你就輸了。

嚴歡買完午飯回來的時候，已經看不到雷新了。他無謂地聳了聳肩，帶著午飯去找伙伴們。

然而他卻不知道，今天的一番相遇，為樂團創造出了另一個機遇。

以後的事，誰都無法預料。

——**喂，吃飯了！**

嚴歡閉著嘴在心裡大喊，帶著兩大袋的便當，向那群忙碌的樂手跑去。

指尖從弦上劃過，帶來冰冷沉重的觸感。隨便撥了幾個音，他抬頭向外看去，屋外，幾個人正捲起衣袖忙得熱火朝天，而嚴歡也正在其中。

陽光收回視線，笑了笑，往下一倒，躺在厚厚的稻草堆上，開始想，他們究竟是怎麼淪落到這個處境的？

窗外的天色漸漸暗了下去，遠山的雲層層疊疊，雨水凝聚在其上將落未落。蝸居在這座深山中的小村莊，陽光開始仔細回憶起這一路來的旅程。

首先，是全國巡演的第一站。

不大不小的成功，對於初次進行巡演的嚴歡來說，已經算是一次非常有意義的經歷。雖然嚴歡也在這次初啼中受到了一些意外的影響，但是總體而言，第一次在小鄉鎮的巡演成功，提高了年輕氣盛的嚴歡的信心，也讓這小子對於接下來的旅程更加期待起來。

不過，事情總是有不順的時候，在剛剛結束他們的前三分之一旅程，一行人向西部前進的時候，由於某個人的一時興起，他們偏離了國道而沿著鄉下的小路走，這麼一走，就走到了這個山溝裡。

眼看天色將黑，一群人好不容易在善良村民的幫助下，找了棟破舊無人的小屋暫住。所以在大雨滂沱而下前，一伙人正忙著在外面搬運東西。寶貴的樂器和器材絕對不能受到一點損傷，這對於樂手們來說，是比命還重要的寶貝。

這邊，陽光正在屋內有滋有味地回憶著這一路上的不少趣事，屋外，幫忙搬東西的嚴歡卻忍不住問出口了。

「讓他一個人打掃，好嗎？」

「啊，你說什麼？」正在整理東西的向寬沒有聽清他的意思。

「我是說，讓陽光一個人在裡面打掃，這樣好嗎？」嚴歡又重複了一遍，他剛才可是看見陽光一個人進屋去了。

「哦，他啊。」

向寬正想說些什麼，那邊，付聲冷冷來了一句：「誰告訴你他是進去打掃了？」

「不是？」嚴歡一愣，「那我剛才看見他進屋……他偷懶！」

嚴歡突然想明白了什麼，委屈道：「我們都在這累死累活地忙著搬東西，他竟然一個人躲到裡面休息，太不公平了吧。」

「誰告訴你他是進去偷懶了？」

「……那他進去幹嘛？」嚴歡有些困惑。

付聲輕輕哼了一聲，似乎是在鄙視嚴歡的智商，這時，還是向寬出來當和事佬。

「好了，付聲，我知道你喜歡逗嚴歡，不過也別把人逗過頭，別欺負他了。來，嚴歡，我這麼跟你說吧。陽光進屋去，的確是休息，不過他可不是偷懶，而是這種天氣他幹不了粗重工作，這件事付聲也是知道的。」

這種天氣？嚴歡看著越來越濃密的烏雲，恍然道：「陽光他……下雨天，他身體在下雨天不舒服？」

看向寬鄭重地點了點頭，嚴歡似乎明白了什麼，聲音也壓低了下來。

「是那次受的傷？」

「他本人沒說，但是我們都知道是，自從那次以後，一到雨天他渾身的骨頭都會發痛，很不好受，所以就讓他先休息了。」

聽向寬解釋完，嚴歡再看周圍其他人的表情，都是一副早就知道的樣子，就他一個人蒙在鼓裡。

「這種事為什麼之前都沒有跟我說？」嚴歡悶悶道。

兩年前的事，一直是陽光心裡的一道疤，嚴歡知道，但讓他不舒服的是，明明陽光現在已經都成了自己的伙伴，但還是有別人都瞭解、就只有他不知道的內情，這樣豈不是顯得他這個團長很失職？

他曾經無數次想過有朝一日能化解陽光心裡的傷痕，可現在他發現，別說是化解，他連陽光曾經遭遇過哪些事都沒有一一瞭解，又怎麼能將其帶出往日的惡夢呢？

嚴歡覺得，自己這個團長幹得實在是太不稱職了！

「告訴你，就能夠解決什麼問題嗎？」付聲道，「不如不說。」

「你——」嚴歡抬頭狠狠瞪了付聲一眼，十分氣惱，最後袖子往臉上一抹，放下手裡的爵士鼓，就轉身跑進屋裡去了。

「欸欸，你輕點！我剛買沒多久的新鼓！」向寬心疼地擦著沾上泥巴的鼓，一邊頭也不抬地對付聲道，「就叫你別老是欺負他吧，人都被你氣跑了。再這樣下去，以後嚴歡不理你，你可別後悔啊。」

付聲不以為然，「他又不是小孩。」

頓了頓，他看著嚴歡跑去的方向，眼神沉暗。

「很多事情，他也該明白了。」

這間小屋裡沒有電燈，嚴歡進門後，借著外面透進來的微弱光線看東西。適應了幾秒昏暗的光線後，他在屋內一堆乾草堆旁發現了陽光。這位貝斯手正抱著他的貝斯躺在草堆上，眼睛微閉，看起來像是睡著了。

嚴歡躡手躡腳地走過去，看著躺著的陽光，心情複雜。

陽光的皮膚很白，蒼白的那種白，這襯得他的嘴唇看起來也沒幾分血色。平時偶爾笑起來的時候，還有幾分人氣，但是現在，貝斯手躺在地上一動也不動，看起來就像是一具已經失去了氣息的屍體。這讓嚴歡心裡有些害怕，他忍不住伸出手，想要去探陽光的鼻息。

一聲輕笑，一股熱氣噴到嚴歡的手指上。

「你在幹嘛？」

然後他看見陽光睜開了眼，那雙黑眸正一眨也不眨地看著自己，嚴歡做賊心虛。

「沒幹啥啊，就你頭髮上沾了根稻草，我幫你拿下來，不用太感謝我啊，順手而已。」

陽光好笑地看著嚴歡，他早就察覺到有人進來了，只是一直躺著懶得動而已。不過他也沒有戳破嚴歡幼稚的謊言，而是拍了拍一旁的位置。

「坐吧。」

「哦、哦。」

「怎麼，搬累了，進來偷懶？」

「哪有！我是進來視察團員情況，身為樂團團長，要時時關注每一名團員，這是我的職責。」

「哦，哈哈，職責。」

「你笑什麼？」

「沒，我想你說不定真的很適合當團長呢，嚴歡。」

嚴歡和陽光有一搭沒一搭地聊著，天色暗了下去，溫度也陡然降了下來。他在屋裡和陽光閒聊，看著屋外的人忙來忙去，心裡卻總是飄著，感覺落不下來。

他想問陽光當年的事，但是又不知道該怎麼開口，要是一不小心戳到陽光的舊傷那就違背初衷了。所以聊了半天下來，兩人除了說了些沒營養的閒話，完全沒有聊到正題上。

陽光的聲音溫溫的，就像杯溫水一樣泡著嚴歡，都快讓他忘記本來的目的了。既然在這裡一無所獲，嚴歡也不好意思繼續偷懶。

「我還是先出去幫忙吧。」他起身對陽光道，「你繼續休息，我先出去了。」

陽光笑著點了點頭，看著嚴歡踩著地上的乾草出門，一直到他走出了門檻才收回視線。

半晌，輕輕嘆了口氣。

「還是小孩啊……」

嚴歡出了門後，相當氣餒。他找不到詢問的人，只能在腦海裡悄悄地問老鬼。

「John，你說這究竟是怎麼一回事？

「我明明想讓陽光真正融入樂團裡，但是總覺得他和我們一直有道隔閡。其實他人很好，但為什麼我總是無法接近他？是我的錯嗎？」

老鬼靜靜聽了，道：「不是你的錯。」

「那是陽光他還沒有融入樂團？他還在擔心什麼？」

「歡，很多事，有時候不是三言兩語就能說清楚的。」John開導他道，「很多情況下，你看見的只是事情的表面，而真相往往讓人難以接受。我想，陽光他應該是有自己的顧慮。」

「我知道啊，但是有顧慮不能說出來大家一起想辦法嗎？」嚴歡道，「真不知道你們這些大人，為什麼總喜歡把心事悶在肚子裡，總以為是為人好，不知道旁人看著擔心也很難受嗎！」

「呵，那是因為你還是個小鬼。」John輕笑，「總有一天你會明白的。」

感受著嚴歡的悶悶不樂，John在心裡道：「人生在世有太多身不由己了，遲早你也會明白，到時候你才是真正成長了，嚴歡。」

「而我，只希望那天越晚來臨越好。」

閃電撕開天空，劃下一道觸目驚心的裂口。

在第一滴雨落下來之前，一群人總算是將所有的器材都搬回了屋內，小卡車上，只留下孤零零的幾張椅子。雨水漸大，敲打在椅面上，就像是向寬擊鼓的聲音。

咚咚，咚咚。

敲擊著人的心靈。

被一陣窸窸窣窣的聲音吵醒，嚴歡的眼皮動了動。他睜開眼睛，首先看到的是窗外微微亮起的天光。

幾點了？嚴歡下意識地想去床頭摸鬧鐘。然而他迷迷糊糊摸了半晌，只摸到一個毛茸茸的玩意。這東西摸起來刺刺的，還帶著熱感。等他反應過來自己抓著某個人的腦袋的時候，手已經被另一雙大手牢牢地握住了。

付聲的聲音從他頭頂傳過來。

「終於醒了？」也許是剛睡醒，他的聲音還有些沙啞。

還沒等嚴歡說話，付聲的手就抽走了。等嚴歡徹底清醒過來的時候，他已經穿好衣服，站在一旁。

「醒了就起來吧，還要工作。」付聲留下這句話，就走了出去。

「唔……」嚴歡有些痛苦地呻吟一聲，感覺有些頭痛。

昨晚他們一群人就在這簡陋的破屋裡睡了一晚，除了幾個女孩，剩下的男生們甚至連稻草都沒分到，貼著潮溼的泥土，充分地感受了一整晚大自然的氣息。

對於從小在城市裡生活的嚴歡來說，這樣的住宿環境絕對是破天荒的第一次。

不過他也沒有什麼資格挑剔就是了，沒看到付聲連一句話都沒說嗎？這位大爺，平時可是比他更龜毛、更嫌棄住宿環境的，現在倒是不挑剔了。嚴歡這才想起，不說都忘了，付聲還是個典型的處女座。

完美主義、潔癖、挑剔、毒舌，樣樣不落。

不過話說回來，和處女座相性最好的星座是哪一個來著？

「早啊！」

正在嚴歡琢磨著心事的時候，門口又響起一陣清脆的喊聲。

他抬頭一看，陽光正頂著一頭的晨露，站在門口笑著跟他打招呼。

「陽光？你這麼早就醒了？」

陽光笑了笑，「因為睡不著。」

嚴歡瞬間了然，暗嘆自己的遲鈍，這種潮溼的環境連他都睡得不舒服，更何況是身有舊疾的陽光？他張了張嘴，正想問一問他身體可還好。

就聽見那邊的貝斯手已經再次開口，語氣中還帶著少有的雀躍和興奮。

「醒了就快出來吧，嚴歡，有好玩的找你。」

好玩的？

很少見陽光這麼興致勃勃，嚴歡困惑地起身，這才發現屋內只剩他一個人，其他人似乎早早就出去了。只有他……哎？不對，剛才付聲怎麼也留在這裡，他也是剛睡醒？

付聲平時不是個愛睡懶覺的人啊。

一大堆摸不著頭腦的問題困惑著他，嚴歡索性甩了甩腦袋不去想，站起身就跟著陽光走了出去。

「什麼事，看你這麼興奮。」

陽光對他眨了眨眼，「等一下你就知道了。」

兩人走到小院子的時候，看見幾支樂團的人全都聚在一起，而在他們中間，站著一個略顯局促的陌生人。

這是個衣著樸素、髮型還是上世紀八〇年代風格的中年男人，被一群來自都市的樂手包圍著，他似乎有些緊張，一雙黝黑乾燥的手不斷地對搓著，小心翼翼地選擇著措辭。

而站在他正對面的付聲，表情格外嚴肅，嚴歡想，那也許就是這個陌生男人如此緊張的主要原因。

「我、我們村子也沒什麼好回報的，如果幾位客人願意幫個忙，大伙都會打從心底裡感謝你們。」明顯是農民裝扮的男人道，「我們可以整理整理空出一棟屋，讓你們都住進去，食宿也全包，放心，都用今年新割的新米！最好的！」

他樸實的語氣裡，有著一絲掩飾不住的自豪，在說起他們村中特產的時候尤其如此。

付聲點了點頭，但是還沒有說話，決定權在他這裡，其他人雖然顯得有些心動，但是也沒有先發表意見。

嚴歡聽了幾句話，懂了一點，又似乎什麼都不明白。

「這是怎麼回事？要我們幫忙嗎？」

向寬湊過來，「早上一大早來找我們的，說是他們這裡的廟會還是什麼節慶的吹奏樂團來不了了，請我們去頂替。」

嚴歡瞪大眼睛，「廟、廟會?!」

「是啊，你說好不好笑，讓搖滾樂團的人去敲鑼打鼓吹喇叭。」向寬笑，「不過他開出的條件很優厚，我也有點心動就是了。」

「什麼條件？」

「食宿全包，盡全村之力招待我們幾天，還負責幫我們帶路出去。」向寬感嘆，「這村子附近的環境確實好啊，聽說後面還有座溫泉，說得我都想去了。」

「溫、溫泉！」嚴歡以為自己很輕很輕地吞了吞口水，可還是被付聲注意到了。

「你想去？」

吉他手大人轉過頭來，黑黑的雙眸緊盯著他。

「我……」

嚴歡剛想開口，就注意到那位大伯也正看著自己，眼睛裡帶著幾分懇求的意思。一時間，他原本只是一時興起的主意，倒變成十分的肯定了。

「是的，我想去。」嚴歡抬頭直視著付聲，「正好他們需要幫忙，而且我們連續趕路一個多月沒休息過了，就當作是讓大家放一次假，不行嗎？」

「放假，是你自己想去玩吧？」付聲一語戳破他，「你不知道我們的計畫都是安排好的嗎？耽誤一天後面就要耽誤更久。」

「呃……」

「還是你會吹喇叭嗩吶？我怎麼不知道原來你還有這一手。」付聲的毒舌一如既往，「看來我們樂團以後要多一個嗩吶手了，是不是啊，團長？」

嚴歡的臉頰微微泛紅，「我也沒說一定要……」

「那就去吧。」

沒等嚴歡反應過來，付聲已經瞬間改口，嚴歡錯愕地抬頭看他，卻見付聲看也不看自己，對著那位大伯道：「我們會去，不過請提前幫我們準備好住處。」

「好、好的！真是太感謝你們，幫大忙了，謝謝、謝謝！」大伯顯然相當感激，看來他們真的很看重這次的廟會。

「吹奏的曲調我們也需要練習的時間，也不能保證能有你們原班人馬的水準。」

「沒關係沒關係！」

「那就下午吧，我們跟你去村裡。」

「那我下午再來接你們！哦，對了，小兄弟們還沒吃飯吧，我差點忘了。我現在就回去，讓我老婆多蒸點饅頭！」

看著大伯一步一笑地走遠了，臨走時還不忘對自己感激地笑了笑，嚴歡這時候還有些反應遲鈍。

「這是，答應了？」

付聲怎麼會突然就答應了，剛才不是還諷刺他嗎？一轉眼就同意了，這人是精神分裂嗎？

「呵呵，我就知道喊你出來肯定有用。」向寬笑著拍了拍嚴歡的肩膀，同時對一旁的陽光送去一個「幹得好」的眼神。

陽光笑而不語。

讓所有人都高興的是，總算不用再待在這個爛地方了，每個人都鬆了口氣。就連一向很有御姐架式的樂鳴也走了過來，十分溫和地對嚴歡笑了笑，這讓嚴歡受寵若驚，有一種自己不知不覺間成了大功臣的感覺。

「我有做什麼嗎？」他困惑不已，行程是付聲拍板的，他也被冷嘲熱諷了一番，怎麼現在每個人都跑過來感謝自己？

難不成真的是因為自己，付聲才改變了主意？

沒有預兆地，嚴歡響起向寬以前說過的一句話——付聲對你是不同的。

真的不同嗎？這麼想著，胸口隱約湧上一股熱意，嚴歡有些呆愣了。

「傻站著幹嘛？」

正發愣間，只聽見付聲的聲音傳入耳膜。

「嗩吶手，還不快跟我走。」

「走？去哪？」

付聲插著口袋，頭也不回地走在前面，「去哪？去見你的嗩吶和廟會啊。」

這一慣的冷嘲熱諷語氣，這頤氣指使的態度，嚴歡迅速甩開自己腦內不該有的旖念。

什麼不同，什麼特別？

向寬，你一定是眼睛被鳥啄了！

走在青石鋪成的小巷間，嚴歡有些忍不住好奇地東張西望。

街道兩邊矮矮的房屋，飛入雲霄的屋簷，還有那帶著斑駁痕跡的白色牆壁，青磚黑瓦白牆碧水，這一切都讓嚴歡恍然覺得自己是穿越到了古代。

小小的村鎮中，不過上百戶人家，卻布置得格外精緻。小橋連著兩邊的街道，中間一泓溪水流過，就如同一條碧綠的翡翠玉帶，將整座村子串連起來。

嚴歡一抬頭，看到一戶人家正站在木梯上，往屋簷上掛紅燈籠。那明晃晃的紅色，耀眼奪目，帶著擋不住的喜慶。

嚴歡重重吞了下口水，他直到這時候才意識到，他們樂團答應下來的是怎麼樣的一件工作。

在一座注重傳統的小村莊裡擔任吹奏樂團，這就好比是在金色大禮堂上奏響奏鳴曲，雖然環境天差地別，但是在本地人心中無比重要。

而他，一個初出茅廬的小子，竟然就這麼輕率地答應了下來。

完了完了，等一下要是搞砸了，會不會被全村的人追殺?!嚴歡有些汗顏地想。

而就在他心神不寧時，John這個外國來客倒是看得興致勃勃。

「歡，他們這是在做什麼?是要舉辦舞會嗎?」

「舞會?哈，好吧，你要這麼理解也差不多。」

「那個面具是什麼?為什麼五顏六色的，是歌劇的道具?」

嚴歡看了一眼，見是一張好似畫著戲劇臉譜的面具。

「是啊是啊，中國的歌劇。」

「挺神奇的啊。」見識到一系列帶著濃濃東方傳統色彩的新事物，連一向沉穩的John也忍不住感嘆，「看起來對他們來說，這是很重要的一場舞會。歡，等等你們就要負責在這場舞會上擔任演奏樂團?你有把握嗎?」

「別說了!」嚴歡一臉痛苦地捂住耳朵，「求別說!現在後悔還來得及嗎?」

「後悔了?」

「當然啊，要是一不小心把人家的重要節日搞砸了，十個我都賠不起啊。」

對方輕哼一聲，「膽量還是這麼小。」

嚴歡抬頭，這才發現自己剛才不小心把話喊了出來，接話的不是John，而是一直走在前面的付聲。

「這不是很隆重的場合嗎？我有點擔心也是很正常的好不好？」他拚命為自己辯護著，一點都不想被付聲瞧不起。

「的確是很隆重的場合。」付聲瞇起眼看了看他，開口，「所以如果你搞砸了，我只能……」

「只能？」

「把你抵押在村裡當賠償。」

嚴歡大腦一片空白，他看向付聲，見他一臉嚴肅，看起來實在不像是在開玩笑。

「哈……哈哈，你別開玩笑了，付聲。」

「我有嗎？」付聲輕輕抬起嘴角，「作為一個稱職的團長，要學會對自己的決定負責。」他說著，拍了拍嚴歡的肩膀，「所以上場後，注意千萬不要出錯，團長，為了你的人身安全著想。」

嚴歡嘴邊的笑容變成苦笑，「我現在後悔還來得及嗎，John？」

John輕笑著落井下石，「嗯，很抱歉地告訴你，已經沒有轉圜的餘地了。」

接下來的時間，嚴歡都有些心驚膽顫，無論是看付聲和村中的老人們交談，還是看見周圍的三姑六婆對自己指指點點，他都有一種付聲正在和別人串謀，要把自己賣掉的感覺。

「嚴歡。」正這麼想著，付聲人已經走了過來。

「是、是！」嚴歡立刻立正站好，「有什麼吩咐？」

付聲好笑地看著他，「我在這邊還有些事情要和他們細談，你可以先出去……放心，不是把你賣了。」看著嚴歡可憐兮兮的模樣，付聲只能安慰道，「最起碼在你搞砸廟會前，你還是安全的。」

「唔……」救命，向寬，陽光！我一點都不想和這個大魔王待在一起。

嚴歡欲哭無淚，最後還是被付聲趕了出去，漫無目的地在街上閒逛起來。

「難得有空閒的時間，你有時間在這裡自怨自艾，不如好好逛一逛。」John開導他，「就當是賣身前最後的節日了。」

「John，你這話說得還不如別說。」

「好了！別管那麼多，快去前面看一看！」

「是你自己想看吧……」

「你去不去？」

嗚嗚，嚴歡淚奔，怎麼現在大家都喜歡欺負他，他真的是太沒威嚴了！

最終，他還是屈服在老鬼的淫威之下，被逼無奈地在街道旁的一座一座小攤前逛了起來。

龍鬚糖、棉花糖，各式各樣的糖果，在John的威逼利誘之下，嚴歡全部都嘗過了一遍，還和人家四五歲的小孩一樣蹲在地上，從手藝匠人手中接過捏麵人。頂著周圍大人飽含笑意的視線，嚴歡很窘地拿著捏麵人跑遠。

「試試，試試味道怎麼樣？」

「還能怎樣，甜的嘛。」嚴歡咬了一口，將捏麵人的左臂咬了下來。他現在就把手裡這支捏麵人當成是付聲在咬，以此洩憤。

「話說你又嘗不到味道，讓我買這些做什麼啊？」話一出口，嚴歡才發現自己失言。

對於一個漂泊了不知多久的幽魂來說，他剛才那句話好像、應該、似乎，很傷人？

「呃，那個，John，我不是……」

「雖然嘗不到味道，但是能感覺到。」John淡淡地打斷了他的道歉，「就和看你練習吉他的時候一樣，即使只是看著你做，我也滿足了。」

「John……」嚴歡心裡不知道是什麼滋味，酸酸的，還有些脹，「你說這世上，是不是真的有起死回生的方法？」

「不知道，我不感興趣。」

「為什麼？」

「我上輩子活得已經夠了，歡，唯一的遺憾也在你這裡得到了滿足。」John頓了頓，「無論怎樣，過去的事已經過去，再有新的開始也未必就有好的結局。我不想再回去打擾他們。」

「難道你就真的沒有遺憾嗎？不想再去做些什麼嗎？」嚴歡執拗地追問。

「當然有。」John道，「在還沒看到你這個笨徒弟出人頭地之前，我是死不瞑目的。」

「哈、哈哈，這個你大概還要多等一陣子。」嚴歡訕訕道。

「沒出息。」

「唔——！」

可惡，無法反駁。

嚴歡狠狠地咬著手裡的捏麵人，「喀嚓」一口將它的腦袋凶猛地咬了下來。

「那個……那個，請問一下……」

「嗯?!」猛地回頭，嚴歡把身後的人嚇得渾身一顫。

大概是他一口咬著捏麵人，一邊「吧唧吧唧」地咬碎的動作太過有氣勢，那出聲喊住他的女孩愣了一下，「噗嗤」笑出聲來。

「你好，我想問一下，這邊有民宿嗎？」

嚴歡愣住了，看著站在自己面前的兩個明顯是來自都市的年輕女生，呆呆道：「妳們是從外面來的？」

「那當然了，你不也是嗎？」女孩們笑道，「特地趕來參觀節慶啊，好多人都過來了呢。」

「這、這裡能出去？」

「對啊，村子東邊就有國道，步行只要二十分鐘。」

嚴歡腦內一片混沌，他以為與世隔絕的小山村，被困在大山裡不能出行的艱險，在這一刻都化為飛灰！

靠，這根本不是一座封閉的山村，原來就靠著國道，虧他還擔心了那麼久，以為找不到路出去了！

嚴歡邁開步伐，立刻就去找付聲。

他們被這裡的村民騙了啊，騙了啊！誰說山民都是民風淳樸的，揍扁他！

一溜煙跑遠的嚴歡，丟下兩個摸不著頭腦的女孩站在原地。

「他這是怎麼了？」

「不知道，也許是病發了？」

病發的嚴歡跑到付聲所在的院子門口時，一頭鑽進去。

「付聲！我們被騙了，這裡根本就是不是……不是……你們怎麼都在這？」

他進來後，發現幾支樂團的人都聚齊了，不由得有些呆住。

「準備下午的吹奏啊。」向寬走過來摟著他的脖子，「不過話說回來，這裡還真熱鬧。剛才我還看見不少城市來的遊客，看來這廟會場面挺大的啊。」

「對啊對啊。」阿凱附和道，「到時候我一定要拍照片傳到ＦＢ上，炫耀一下。」

「去，先把你的嗩吶吹好再說吧！」

看著周圍的伙伴們有一句沒一句地打鬧著，嚴歡陷入了困惑之中。

「怎麼了？」陽光從他身後走過來，「發什麼呆？」

「我們不是被困在山裡了嗎？」

「是啊，昨天下暴雨，走不出山裡，是被困住了啊。」

「這裡不是偏僻的山村嗎？」

「是夠偏的，訊號都不好。」陽光皺眉看了眼手機，上面只有一格訊號，再一抬頭，「嚴歡？嚴歡，你怎麼了？」

嚴歡悲憤地蹲在牆角畫圈圈，原來從頭至尾只有他一個人被蒙在鼓裡。

虧他還以為他們是在山中迷失，跑進了封閉的古村落，甚至還被威脅要是賣藝不成就要賣身！

原來從一開始，他們就沒有和現代社會脫節！他的誤會實在是太可笑了！淚奔。

付聲從屋裡走出來的時候，就看到嚴歡頹靡地蹲在牆角。

「他怎麼了？」付大吉他手皺眉。

「哦。」陽光燦爛一笑，「受不了打擊，短路了吧。」

噗，噗，噗噗！

噗噗——！嗶——

鼓起臉頰用力吹了幾口，可吹出來的聲音一點都不成調，嚴歡不氣餒地還想再次嘗試，旁邊已先有人聽不下去了。

「行了行了，你能別吹了嗎！」

阿凱一把奪過他手中的嗩吶，「算我求你了少爺，您能別吹了嗎？去旁邊玩啦。」

被他像是趕頑皮的小孩一樣趕走，嚴歡覺得特別沒面子。

「什麼去旁邊？我不也是要參加吹奏的嗎？」

「哈哈，是啊，你參加，就這吹得跟屁聲一樣的嗩吶？」阿凱調笑，「算了吧，你的喉嚨寶貴著呢，別浪費口水了，去休息，這裡我們來。」

「我……」

「你們在做什麼？」

就在嚴歡還要辯駁兩句的時候，旁邊插入一個聲音，一聽見這個聲音，嚴歡的脖子都僵住了。

「哦，付聲！」阿凱和走過來的那個男人打招呼。

「他又怎麼了？」

付聲說著，一邊習以為常地看了嚴歡一眼。那眼神，那表情，雖然沒說話，但是嚴歡肯定這傢伙一定又在心底默默鄙視自己了。

「沒事，就是我想讓嚴歡出去透透氣，這小子不肯。」阿凱委婉道。

「哦，他在這裡礙你們事了。」付聲一語中的，轉身看向嚴歡，「你什麼時候能不拖後腿？小鬼。」

大爺我從來都沒有拖過後腿！

雖然很想這麼說，但是嚴歡也只是輕哼了幾下，把頭扭到一邊去。付聲看他這副模樣，微微嘆了口氣。

「我把他帶走，你們繼續練習。」

「那你呢？」

「等一下演出開始前，我會回來。」說完，不給嚴歡反駁的機會，付聲上前抓著他就往外走。

「哎，等等！別拉我……」

見嚴歡不配合，不耐煩的吉他手大人索性一把拉過他，把嚴歡拽到自己的身前，從後面半推半抱地推著他走了出去。

「給我安分點，拖後腿的小鬼。」

「唔……」

阿凱目瞪口呆地看著嚴歡被強行擄走的這一幕，沒過多久，向寬從旁邊走過來，見他還在發愣，伸手在他面前揮了揮。

「喂，發什麼呆？」

「不……我懷疑自己是不是眼花。」阿凱愣愣道，「剛才那個是付聲嗎？他什麼時候和別人這麼親密了？以前在夜鷹的時候，他也沒和那些團員那麼親近啊。」

「嘿嘿嘿，嚇到了吧。」向寬不懷好意地笑了起來，「難道你沒看出來？」

「看出什麼？」

「這一路上，付聲凶歸凶，可他什麼時候真的讓嚴歡吃過虧？買藥、顧人、管教，跟個老媽子一樣，你什麼時候見過付聲對別人這樣？」

阿凱聞言若有所思，「好像是沒見過。」

「所以啊，你要學會習慣。」向寬說著，拍了拍他的肩膀，「我看連付聲自己都沒注意到，他對嚴歡是不一樣的。這不是挺有趣的嗎？難得他也有看對眼的人，不容易啊。」

「是挺有趣的。」阿凱看了向寬一眼，心裡嘀咕道：付聲那態度，簡直是有趣過頭了。感情再好，也沒有人會老是對自己的團員摟摟抱抱，還管人家管得跟個黃臉婆一樣。

一般人會這樣整天盯著自己的團長，還限制他和別人的往來嗎？

更有趣的是，悼亡者樂團的所有人，好像都沒注意到這點。

算了，反正是他們自己的事。

阿凱拿起嗩吶，埋頭繼續練習起來。

另一邊，嚴歡被付聲強行帶走，是一肚子的氣悶。

「幹嘛把我帶出來？」

「不然呢，放你在裡面添亂？」

「呿，說讓我好好準備的是你，嫌我礙事的也是你……」嚴歡嘀咕著，表情老大不樂意。

「小鬼脾氣。」付聲看著他，突然道，「你想要什麼？」

「啊？啥？」

「你說你想要什麼東西，我可以買給你。」付聲插著口袋，理所當然道，「這樣就別再報怨。」

話題究竟是怎麼轉移到這上面的？嚴歡一臉黑線地看著他，話說，付聲究竟是哪根筋搭錯了，認為自己還是兩三歲的小鬼，一點小禮物就能討好？

「要不要？」付聲又問了一遍。

嚴歡咬咬牙。

「要！」

不要白不要！難得有機會宰他一頓，嚴歡怎麼甘心就此放過，他一定要買一大堆東西，讓付聲的錢包狠狠出一次血！

「那好，要買什麼？」

「不知道，先去逛逛？」嚴歡見付聲臉上露出不耐煩的神色，添了一句道，「不逛我就要回去『添亂』了啊。」

「逛……」

哈哈，你付聲也有被我整得吃癟的時候。

嚴歡心裡得意，美滋滋地開始和付聲逛起街來。

這一逛，就不由得忘記了時間，等到再次回過神來的時候，嚴歡才發現天色已經暗了下去。而他和付聲懷裡都抱著一大堆東西，風車、手搖鼓等等，甚至還有手工的香囊。更難得的是，付聲沒有抱怨。也許是周圍的環境影響，在一片朦朧的紅燈籠光影中，付聲那一向冷峻的臉龐竟然也顯得有幾分柔和。

嚴歡一眼看過去，竟有些看呆了。

「怎麼了？」

就連此時，付聲的聲音聽起來都比平時溫柔很多。

不對不對，一定是錯覺，嚴歡連連狠甩腦袋，甩去自己腦中的遐想。

「我、我們不回去嗎？這個時間表演也該開始了吧。」

「那就回去。」

聽著付聲和平時一樣毫無起伏的語調，嚴歡鬆了口氣。他摸著自己的胸口，剛才一瞬間覺得有些心律不整是怎麼回事？難道他年紀輕輕的就已經有心臟病了？

「呵呵。」**John** 輕輕笑了一聲。可惜心不在焉的嚴歡，此時並沒有聽到他這意味深長的一笑。

兩人回去的時候，原來的小院子已經人山人海，許多人在院子外面根本就擠不進去。聽聲音，裡面傳來隱隱的鼓樂聲，似乎演出已經開始。

「怎麼辦，進不去了！」嚴歡一臉焦急，「糟了糟了，這下完蛋了。」

「急什麼？反正又沒我們什麼事。」

「是沒我什麼事，可是你……哎？你也沒事幹？」

迎著嚴歡錯愕的目光，付聲淡淡道：「我們一共十幾個人，擔任他們的吹奏表演綽綽有餘，還要多餘的人幹嘛？而且……」

而且？

「我不會碰吉他以外的樂器。」

嚴歡一愣，看向付聲。

這位吉他手認真道：「我只有吉他，除了它，我不會再碰別的樂器。」

他說這句話的時候，神色嚴肅得彷彿在闡述一個莊重的誓言，讓嚴歡都不由自主地呆住。

他這時能格外強烈地感受到，付聲對吉他的執著非同一般，不是玩玩，也不是一時興起，而是真正當做生命中最重要的一部分來對待，甚至因此許下了這個不碰其他樂器的誓言。也許在別人眼裡看來有些小題大作，但是嚴歡知道，付聲這是認真的，他就是這樣的人。

把搖滾，把吉他，看得比生命還重要的人。

——為搖滾而生的天才。

想到曾有人這麼評價過付聲，嚴歡的情緒更複雜了。

口口聲聲地說熱愛搖滾、熱愛吉他的自己，什麼時候也能向付聲這樣，敢直接說出這番話呢？

嚴歡彷彿又想起了初次見到付聲的那一晚，那時站在舞臺上彈奏吉他的付聲，耀眼炫目，好像是另一個世界的人，與自己相隔著遙遠的距離。

「我……」嚴歡張了張口，不明白自己想要說些什麼。

這時，付聲再次開口。

「我不要求你現在就有這樣的覺悟，畢竟你還是個笨蛋小鬼。」

什麼嘛，這麼瞧不起人。

「但是，當你有了覺悟後，一定要立刻追上來。」側對著嚴歡，付聲看著遠處喧鬧的院落，「我可不會等你太久。」

那感覺，就像是被人扔進了沸騰的油鍋中，從裡到外都炸開了！熱血上湧。

「我很快就會追上去，你等著瞧！」嚴歡握緊拳，信誓旦旦。

在他看不見的角度，付聲輕輕地揚起嘴角，笑了。

我會等著，等著你和我並肩而立的那天。

02

#Pray it out

口是心非

河岸兩畔，燈火明暗。

嚴歡與付聲就站在院外，靜靜地聽著裡面傳來的吹打喧鬧聲。像是兩個世界，一個在這邊，一個在那邊，他們隔著淺淺的人潮，聽著奏響的樂曲。

真的很不一樣，和搖滾不同的、帶著民俗風曲調的吹打小曲，就如一首婉約的詩，讓人陶醉到骨子裡去。細細去聽，彷彿可以順著汩汩流動的時光之河，追溯到數百數千年前，看見同樣有一群人在這片土地上演繹著悲歡離合。

嚴歡聽著聽著，竟然痴迷起來，連廟會是什麼時候結束的都沒注意到。等他回過神來的時候，周圍人流已經散去，諸家的燈光也漸漸熄滅，只有他和付聲站在退去的人潮中一動也不動，彷彿兩塊堅韌的基石。

「任務完成了。」付聲看著院子裡樂團那些人如釋重負的模樣，開口道，「明天開始會有一天假期，你自己看著辦。」

聽見假期這兩個字，嚴歡才總算徹底清醒了。

「真的讓我想去哪就去哪？」他不敢置信地問。

「怎麼，不想去？」

「去，當然去，哈哈，我去找向寬。」聽見這個好消息，嚴歡一股腦拋下剛才莫名的感傷，朝院子裡的向寬奔去。

付聲站在陰影處，看著他歡快地跑走，眉頭輕輕蹙起，不知在想些什麼。

「有時候管得太嚴格的話，反而會產生距離，後悔了嗎？」陽光不知道從哪裡走出來，看著付聲笑道。

付聲側頭看向他，沒有出聲。

「你剛才是不是有點嫉妒？」陽光繼續道，「嚴歡每次出去找人玩，第一個想到的都是向寬，甚至也有我，但是從來都沒有你。他心裡甚至都有些畏懼你，這樣真的好嗎？」

「哪裡不好？」付聲嘴硬道。

「哈哈，我們需要的是一個主唱，是一個伙伴，而你需要的是一個能與你一起走下去的人——在搖滾的這條路上。別告訴我，你沒有看上嚴歡。」陽光笑了笑，「不過這樣下去，你培養出來的不是一個與你比肩而站的伙伴，而是一個敬畏但不親近你的團員。所以我才問你，這樣好嗎？你想要和嚴歡，一直保持這種不遠不近的『師徒』關係？」

似乎是被說中了心事，付聲這次沒有再反駁，而是少見地沉默起來。

「有些事一個人想是想不通的，多找人問問吧。」陽光開導他。

「那你說怎麼辦？」付聲果然聽話，立刻就找人詢問起來。

陽光笑呵呵道：「要想攻入一個根本沒城府的小鬼的內心，不需要做太多謀畫，只要自然地去親近他就好。」

「親近？」付聲皺眉。

「明天不是假期嗎？」陽光眨了眨眼，「這可是大好機會。」

當晚，在當地村民的熱情招待下，樂手們總算能睡乾淨的床鋪了。嚴歡和向寬同房，兩個商量了大半個晚上，一直興奮地討論著第二天要去哪裡遊玩才好。

這麼一討論，就讓嚴歡第二天早上睡過了頭，等他醒來的時候，向寬已經不再房間內了。嚴歡洗漱完，出門找人。

「向寬，向……」才喊了沒兩句，他就看見向寬從二樓一個房間出來。那不是付聲的房間嗎？奇怪。

「你去哪了？」

「和付聲談了些事。」向寬道。

「哦，那我們什麼時候出發。」

「打包好東西就走，你等一下啊。」

嚴歡點了點頭，就坐在大廳等，過了好一段時間，他聽見開門關門的聲音，以為是向寬打包好了，便站起身來。

「好了吧？那我們出發吧，我等你很、很……」他看見從二樓背著背包下來的那個人，驚訝地瞪大眼睛，「怎麼是你？」

付聲似笑非笑地看著他，「怎麼不能是我？你不是等我很久了嗎？」

我等的是向寬，誰知道你會突然下來啊。這句話藏在心底還沒有說出口，向寬這次走了出來，在他身後還跟著陽光。

「都準備好了啊？那我們就出發吧。」向寬看人都到齊了，便道。

「等等、等等，怎麼他們也跟著一起去？」嚴歡連忙發問。

「不行嗎？」陽光微笑道，「聽說你們要去泡溫泉，昨天我聽這家的屋主說，這裡的溫泉對身體很好，正也想去試一試？打擾到你了？」

陽光這麼一說，嚴歡反而有些愧疚。

「不是不是，我沒有這個意思。」

陽光又道：「而且自從正式組團以來，我們四個還沒有機會好好一起玩過吧？這次就當作是加深團員感情的機會，如何，團長？」

這一聲團長，再加上幾個大義凜然的理由，嚴歡哪裡還會拒絕，當下只能點頭。

搞定了第一步，陽光悄悄向付聲遞去一個眼神。

——你可欠我一個人情，幫你當擋箭牌了。

付聲輕瞇起左眼，也不知有沒有注意到他的這個示意，只是盯著走在前面的嚴歡。

這一團四人的首次溫泉之行，就這樣開始了。

村子附近有不少溫泉眼，都在山腳處，而他們這次要去的這一處溫泉，是借住的屋主格外推薦的，人少又僻靜，不會有人來打擾。

不過，這路途也不近就是了。走了一個多小時，都還沒有見到溫泉的影子，嚴歡有些不耐煩了。年輕人，耐性總是最差的。

「我說，這還要走多久才到——哇啊啊！」

說話沒注意看腳下，幾塊碎石一滑，嚴歡差點就跌到一旁的水溝裡去。幸好付聲眼疾手快地扶住他，將他牢牢拽住。

「走路小心點。」

嚴歡以為又要迎來一頓臭罵，誰知道付聲只是輕輕囑咐了他一句，沒再多說什麼。

哎，這不對勁啊，要是放在平時，肯定要被他借機一陣嘲諷。嚴歡心中疑惑，忍不住緊盯著付聲的後腦勺。

「怎麼？」感覺到身後的視線，付聲回頭看向他，「走不動了？」

「沒，還好。」

「牽著我。」

誰知，付聲竟然伸出一隻手，對著嚴歡道：「走不動我帶著你走。」

看著那隻伸在自己面前的手，白皙修長，平時都是用來愛撫吉他，不知道被多少樂手嫉恨。而這次，這隻手竟然是伸向自己，嚴歡是真的愣住了。

「真的、真的不用了。」

其實他心裡想的是，付聲這是怎麼了，今天好不對勁。

「不用我扶，然後等一下你掉到水溝裡，再讓我們去把你拉上來？」付聲挑眉看他，「不要礙事了，抓著我。」

唔，果然這樣毒舌的才是付聲。嚴歡一邊處在被嘲諷的不快中，一邊又被虐狂般地平靜下來，他終於聽話，乖乖地牽住付聲的手。

兩雙手交握的觸感，溫暖的，但也帶著些微涼氣，讓嚴歡有些不習慣。

但是付聲沒有給他縮回手的機會，緊緊地抓著他向前走去。

他們兩人的一舉一動，都落在後面的向寬和陽光眼裡，兩人相視一笑。

「看起來效果好像很不錯。」

「的確。」

不去打擾走在前面的一對，這兩人開始閒聊起來。

向寬道：「對了，說起昨天晚上的表演，我好像看到了記者。」

「記者？」

「大概是來採訪民間藝術什麼的吧，反正和我們也沒太大關係。」

「嗯。」陽光淡淡地應著，不知為何，心裡升起了一股無法言喻的感覺。

這種感覺，從他們誤入歧途闖入這座小山村時就有了。好像這一次在這座村莊中發生的一些事，會徹底改變他們的命運。

是好，是壞，都不可知。

溫泉看似遙遙無蹤，不過就在嚴歡都快要放棄的時候，他們總算是抵達了目的地。

那是一口不大的泉眼，剛好可以容得下四個成年人。附近樹林茂密，也遠離村莊，的確如借住的那位農家屋主所說，是一塊僻靜的地方。

看到溫泉，嚴歡一身的疲憊一掃而空，一溜煙地奔過去。他看著那微微帶著乳白色的泉水，感受著撲面而來的蒸騰熱氣，差點控制不住地就要直接跳進去。

「你要是敢不脫衣服跳進去，我就把你拎出去風乾。」

付聲在他身後冷冷地威脅，這才阻止了嚴歡的衝動行為。

「好吧，脫衣服。」嚴歡有些沮喪，抬頭看了看四周，「這附近不會有猴子，或者其他野獸之類的吧？」

付聲一眼就看出了他在想什麼。

「放心，沒有哪隻想不開的猴子會來拿走你全是汗味的衣服。」

嚴歡惱羞成怒，「我只是問問。」

「噗通！」就在這一刻，他看見眼前一道黑影閃過，接著泉水裡發出重物落入的一聲巨響，一些水花甚至濺到了嚴歡的臉上。

「呼哈！真爽！」

原來趁他和付聲說話的時候，向寬已經脫了衣服跳進了泉水裡，此時整個人只露出一顆腦袋在外面，暢快地大笑著。

「嚴歡，付聲！你們也快點下來啊！」

靠，竟然被人搶先一步！嚴歡顧不上再和付聲較勁，三兩下脫光衣服也往溫泉跑去，好東西怎麼能讓向寬一個人獨占！

等到整個人都泡進溫暖的泉水中，一股從骨子裡蔓延而出的酥麻感立刻侵襲了他。溫熱的泉水包裹著嚴歡，親吻著肌膚，似乎要把連日來的疲憊都一同吻去。

這滋味，真是用言語難以形容。

嚴歡一邊陶醉地靠在背後的山石上，一邊呢喃道：「怪不得大家都喜歡泡溫泉。」這種飄飄欲仙、彷彿清洗掉全身汙垢的感覺，讓人上癮。

正在他沉醉之時，耳邊傳來了輕微的划水聲，然後又走來一道人影在他身邊坐下。嚴歡幾乎是下意識地扭頭看了一眼，然後就像塊石頭一樣僵住了。

「看我幹什麼？」

付聲赤裸著上身，只有下半身泡在泉水裡，他微微瞇眼，感受著水裡的熱氣貼上肌膚的感覺。察覺到了嚴歡的視線，付聲睜開眼看了過去。

「沒、沒什麼，看一眼又不會少塊肉。」

被人抓包，嚴歡有些心虛，卻還是虛張聲勢地回了嘴。付聲沒有理睬小鬼，而是逕自舀起一捧泉水，從頭頂澆灌下來。

嘩啦啦，嘩——

水流撥動的聲音，像根羽毛般時時搔癢著嚴歡的心，他又忍不住轉頭看去，正好看到泉水順著付聲緊閉的眉眼緩緩流淌，滑過他高挺的鼻樑，微薄的唇，然後順著突起的喉結，沿著修長有力的脖頸一路往下……

轟！臉上好像著火般發燙，嚴歡猛地扭過頭去，同時心裡忍不住暗罵。

幹嘛長得這麼好看！明明是個男人，怎麼長得比人家女孩子還要漂亮，還讓不讓人活了啊！

其實嚴歡這完全是遷怒，付聲雖然相貌出眾，但是那容貌完全是男人的英挺與俊氣，與女人無法一同比較。只能說，嚴歡此時的心情，讓他在某些方面有些失常。

「真要命……」看著自己的手臂和腿，再看看付聲那明顯強壯多了的肌理，嚴歡又感嘆，同是男人，同是吉他手，他怎麼就和付聲差了這麼多？

他完全忘記了自己還是個發育期青少年的這件事。現在的嚴歡當然不能和已經經歷過人世間各種滋味的付聲比較，男人與男孩，本來就是不同的。

說起來，付聲這副相貌，即使脾氣再臭，也應該很受歡迎吧。怎麼沒看到女孩子追……女孩子！

腦中劃過一個場面，嚴歡的臉色瞬間由白變紅再由紅變青，他突然站起身來，激起的水流濺了附近的向寬和付聲一身。

「你怎麼了？」向寬疑惑地問。

嚴歡卻不說話，站起來就要離開，去隨便哪個遠離付聲的地方都好。可是這座溫泉實在是不夠大，泡四個人已經是有些擁擠了。嚴歡想找個遠離付聲的角落，這不現實。

悲憤交加之下，他猛地回頭，手指著還一副道貌岸然模樣的付聲，顫抖地說：「我不要和他泡同個溫泉！」

付聲聞言，輕蹙起眉頭，看向嚴歡的眼神瞬間變得冷厲。

「嚴歡，原本不是好好的嘛？」向寬摸不著頭腦，「付聲對你做了什麼？」

「我沒碰他。」

「他沒對我做什麼！」

兩個聲音幾乎是同時回答。

嚴歡看著完全不知悔改的付聲，心裡更加惱火，「這傢伙、這傢伙他……他……」

「他、他」了半天，嚴歡也沒想到一個更好的詞語，只能道：「他濫交！」

「噗！」

這下，連陽光都差點被泉水嗆到。

「濫交？」陽光看著一臉通紅的嚴歡，還有完全狀態外的付聲，笑道，「這個罪名可大了，嚴歡，我敢保證這幾個月以來，除了你，付聲可沒有和其他人有過親密接觸。」

嚴歡還沒明白陽光這句話裡的隱藏意義，付聲卻已經警告地瞥了陽光一眼，提醒他不要多嘴。

「呵呵，好吧，就算是指證也得有證據吧。」陽光抱著看好戲的心態道，「你說付聲濫交，是為什麼？」

「半……」

「什麼？」

「半年前，我看見他在廁所裡讓一個女人那個、那個！」作為一個未經人事的純潔少年，嚴歡實在是說不下去了。本來他都已經忘記了那件事，但是溫泉的特殊環境，再加上一些迷濛的氣氛，又讓他回想了起來。

少年悲憤道：「一般人會隨便和人做那種事嗎？付聲、付聲他不乾淨！」

「咳咳，咳咳咳咳咳！」

陽光這下是真的被自己的口水嗆到了，再看一邊的向寬，已經笑倒進溫泉裡面去了。

付聲瞥了這兩個看好戲的傢伙，知道不能指望他們，只能看著還處於激動狀態的嚴歡，道：「你的指控我收到了。」

「……」

「但是首先，我要指明兩件事。第一，那時候我還不認識你，我無論做什麼事都和你無關。」

嚴歡說不出話來。

「再一點，作為一個成年男性，我有欲望有需求，是很正常的事情。我不指望你一個小鬼能懂這些，但是你最起碼得知道不該隨便干涉別人的私生活。

「最後一點，我沒有伴侶，和任何人發生性關係都是你情我願，沒有違反任何一點法理人情。你憑什麼指責我，就是因為你的『純潔無瑕』嗎，小鬼？」

「你、你……」

被付聲幾句話連連反駁，嚴歡的臉越漲越紅都快冒煙了！他慌亂無措了半天，最後，索性仰天一倒，摔進了泉水裡。

「嚴歡！」一旁的向寬驚呼。

付聲及時一把摟住摔倒的小鬼，看著他紅潤得不正常的臉色。

「沒事，只是泡暈過去了。」

對於嚴歡這個年紀來說，在溫泉裡太過激動可不是一件好事。

「我帶他上去，你們繼續。」付聲抱起嚴歡，對另外兩個人說道。他一手圈住嚴歡的肩膀，一手從嚴歡膝下穿過，將他整個人以公主抱的姿勢抱了起來，然後，腳下一個用力，兩人同時出了溫泉，泉水滴滴答答地從他們身上落下，溼了一地。

「真是麻煩。」

離開時還能聽見付聲的抱怨，可是他的動作卻不見一絲停頓。

陽光笑了。

從你的表情上看不出一點不耐煩啊，口是心非的人。

將向寬和陽光留在溫泉裡，付聲找了一個地方上了岸，天氣還很涼，他也不敢離溫泉太遠，便將嚴歡放在一塊溫熱的岩石上，自己坐到一邊。

他上輩子究竟是欠了這小鬼什麼？老是要被他各種無厘頭的舉動弄得哭笑不得。

想起嚴歡剛才在溫泉裡的指控，付聲仔細回憶了一番。他已經很久沒有找人解決過生理需求，完全沒有時間。自從樂團開始籌備，付聲就處於一種禁欲狀態，他沒有心思也沒有空閒去想別的事情。而嚴歡剛才說的事，半年前，他們還沒有遇見彼此吧。

難道那個時候嚴歡就已經認得他了？

想到這一點，付聲仔細打量著昏睡中的嚴歡。

在自己還不知道的時候，這個人已經瞭解自己。這種認知，讓付聲心裡升起一絲莫名的愉悅。這感覺超出了他的預料，不過，好像也不是那麼壞。

他看著睡得無辜的嚴歡，有些無奈地輕嘆了一聲。

「你到底還要給我惹多少麻煩？」

這話語裡，只有滿滿的無奈，卻沒有半點的不情願。

正如陽光所說，這是一個口是心非的人。

在悼亡者樂團泡溫泉的當下，一則關於他們的新聞，卻悄悄登上了某個網站的某個不起眼的版塊。

起初，這則新聞只占據了民俗版塊的一個小角落，甚至注意到它的人也沒有多少。

山村傳統廟會，繼承古老技藝的年輕人

一個普通的標題，再配上簡單的幾張照片，如果沒有意外，很快這則新聞就會淹沒在網路浪潮之中。可是一不小心，某一個特殊的人看到了這則新聞。

雷新正在網路上搜索題材，當他偶爾打開某個網頁，意想不到地看到了熟悉的面孔時，他下意識地一愣。

「這是……他們怎麼會在那？」

照片上幾張熟悉的臉孔，雷新絕對不會認錯。他看了看新聞標題，再次看了看照片上的幾個人。

一支全國巡演的搖滾樂團隊伍，怎麼會出現在一座深山老村裡，竟然還參與了當地的廟會！看著照片上，幾名樂手拿著鼓槌和嗩吶的模樣，雷新有些哭笑不得。

不過下一秒，他意識到這是一個好題材。他立即電話聯繫自己的主編——當然不是原來的那一個，現在雷新在一家網路媒體工作，負責流行音樂版塊。而現在的這個主編，則是他的大學同學。

「喂，老李，我在網上看到一張有意思的照片，也許你會感興趣。

「關於最近風頭正盛的幾支搖滾樂團……不，不是哪家經紀公司旗下，是獨立樂團，對，就是他們。

「我覺得這是一個好題材，我們可以關注。

「好的，我這就去聯繫這個記者。」

掛下電話，雷新嘴角掛上一抹笑容。

代表潮流和激情的搖滾樂團，一座古老傳統的村莊，這兩者好好結合起來的話，可是一個很有看點的新聞。加上幾個聳動的標題，很容易吸引年輕人的注意力。

手指「噠噠噠」地在鍵盤上敲著，雷新開始構思自己的新聞。不過，一個念頭從他腦中一閃而過，這些全國巡演的樂團，究竟是怎麼跑到這麼偏僻的山村裡去的？迷路嗎？

「啊欠，啊欠！」

嚴歡連打了兩個噴嚏，有些痛苦地揉了揉鼻子。

「不是感冒了吧？」

一旁正在收拾行李的向寬回頭看他。

「不會吧，昨天才去泡了溫泉。」嚴歡揉著鼻子說著，突然，一件外套從他腦袋上蓋了下來，將他整個人都罩住。

「對於白痴來說，沒有什麼理由不可能感冒。」

付聲從他身後走出，背著行李，帶著自己的吉他。

他將自己的一件外套罩在嚴歡身上，留下這一句話，便出去幫忙搬運了。而嚴歡站在原地，耳朵可疑地泛紅。他看著付聲走出去的背影，心裡懊惱得幾乎都快要找一個洞鑽進去。

天啊，天啊！他昨天究竟是哪根筋搭錯了，竟然說出那些話！而且還是當著付聲的面！最關鍵的是，說出那些話後，他竟然愚蠢地暈倒在溫泉裡，最後還是被付聲抱出去的！公主抱，赤裸的！

現在想起這些，嚴歡都還是忍不住想仰天長嘆！

不過付聲倒是沒有表現出異樣，仍然用和平常相差無幾的態度對待嚴歡，這才讓嚴歡沒有更加無所適從。

「呵呵，你不要在意那些。」向寬看出他心裡在想什麼，安慰道，「付聲不計較這些事。」

「我還寧願他計較……」嚴歡悶悶不樂，就算付聲現在不計較，不代表他以後不會舊事重提，那時候被翻舊賬豈不是更慘。

「基本上，只要你滿足了他一點，對於你的其他錯誤他都不會在意。」向寬道，「所以你明白的，接下來的巡演，好好加油！」

說完拍了拍嚴歡，向寬也走出去了。

嚴歡喃喃道：「為什麼我總覺得前途無亮。」

這時，**John** 也來安慰他。

「**只要你把主唱的工作做好……**」

「主唱、主唱……我的人生理想明明是成為吉他手。」

嚴歡還在念念不忘他的最初理想，不過，有付聲這座大山在，他想要實現自己的目標似乎還遙遙無期。

「嚴歡！」

門外有人大聲喊著他的名字，一個人在車上對著他招手。

天氣晴好，初秋的陽光從門外透進來。

伙伴們站在晨光中，金色的浮塵飄蕩在空氣裡。站在屋內的嚴歡抬頭望去，看到的就是這一副場景。

樂手們在車上招呼著他，車子已經發動，發出「嗡嗡」的聲響。

「上車吧。」付聲坐在副駕駛上，催促他，「該出發了。」

這短短的一句話，瞬間讓嚴歡放下心裡所有的包袱，拎著自己的吉他，也跟著往外走。

所有的負擔，所有的煩惱，所有的負面情緒，似乎都在付聲的這一聲呼喚中煙消雲散。嚴歡踏出門，想著，是啊，該出發了。

他們還在路上，他們的巡演還要繼續。

把那些煩心事都忘掉，重要的是，自己身上所背負的事物。

吉他的重量讓嚴歡記起，他當前最重要的目標——成為世界上最出色的搖滾樂團！

車子載著十幾個年輕的樂手，搖搖晃晃地開出了小山村。在山間顛簸的小路上行走，最後駛上平穩的國道，車在國道上越行越遠，最後化為一個黑點。

雷新選材的新聞收到了預想之外的反響。年輕人們對於搖滾與傳統結合的故事似乎頗感興趣，再加上樂手們出色的外貌，讓這則小新聞在一定範圍內成了熱門話題，甚至在社群軟體上也有越來越多的關注。

#帶著吉他去巡演 收到了出乎預料的反響，雷新開始思考另一件事。既然如此，為何自己不索性跟上嚴歡他們，全面報導這趟全國巡演呢？

想到這裡，他立刻撥通手中的電話。

「喂，老李啊……」

有一點差點忘記提到，雷新現在的這名主編不僅是他的大學同學，也是他大學樂團的成員。所以對於雷新的這個提議，新主編思索片刻便答應了。

在嚴歡他們自己都不知道的情況下，他們身後便多了一名隨團記者。當然，這一切，還在路上的樂手們並不知情，也不知道這個插曲，會對他們之後的旅途帶來多大的改變。

兩天後，雷新出發，沿著樂手們的蹤跡一路追了上去。

旅程再啟。

嚴歡躺在後座搖搖晃晃，隨著汽車的顛簸一同晃動著。

他的視野正好可以看到車窗外的後照鏡，那裡面，映著頭頂一片廣闊的蔚藍天空。這是一種很神奇的感覺，人坐在車上，在這片無垠的大地上前進著，而頭頂的雲朵也跟著他們，一同被風吹著慢悠悠地往前跑。

這感覺，就像是你和大地天空融為一體。

「唔——！」

嚴歡伸手擋住眼睛，藏在雲層裡的太陽突然跳了出來，那炙熱的光芒通過汽車後照鏡的反射，刺得他眼睛發痛。因為陽光太過耀眼，嚴歡一時之間竟然還產生了幻覺，好像有無數黑色墨綠色的小點在眼前飛舞，調皮地亂竄。

正在這時，一隻大手伸了過來，遮住他的眼睛。

「有時間看著太陽發呆，不如好好睡一覺。」

付聲的聲音還是一貫的不冷不熱，但奇怪的是，嚴歡竟然從這裡面聽出了一絲溫柔。

他一定是被太陽閃暈了！嚴歡在心裡如此想著。

這時候又傳來了有人敲打車玻璃的聲音，一個歡快的男性嗓音從車外穿透進來。

「怎麼，嚴歡睡不著嗎？要不要和我一起出來兜兜風？」

付聲似乎是對那個男人格外厭煩，「刷」地一下關上車窗，把那煩人的聲音堵截在車外。但是對方還是鍥而不捨，騎著他那輛破機車緊跟在他們車子旁邊，與他們保持並行。

嚴歡嘆了口氣，看著車外那個不氣餒的機車騎士。

「他可真有耐心。」

付聲對此不屑一顧，「煩人的耐心。」

一個月前，他們被這個從小鄉鎮追出來的記者纏上，對方以要追蹤報導他們這次巡演為由，要求和樂團的人一路同行。這個要求當然是被拒絕了，樂手們並不喜歡陌生人的打擾，尤其是這個名為雷新的記者，還在付聲那裡有不良記錄。

不過雷新並沒有氣餒，不讓他隨團，他就發揮死皮賴臉的精神一路上自己跟著，樂團每到一個地方表演，都會看到他在臺下扛著「大炮」拍攝得不亦樂乎，樂手們的視而不見他也不以為意，反而一如既往地跟上跟下。

時間久了，漸漸地大家都習慣有這麼一個跟屁蟲記者的存在，現在整個隊伍裡，除了付聲，其他人都已經默認了雷新隨團記者的身分。

不過既然付聲不頷首承認，那麼雷新是永遠得不到正名的。

嚴歡看著那個可憐的記者，感嘆對方耐心的同時，也不得不讚嘆一下對方的厚臉皮，或許這正是成為一名出色記者的必備要素。絕對的耐心，和堪比城牆的臉皮。

付聲似乎也已經到了忍耐的極限了，他對前面負責開車的向寬說：「加速，甩掉他。」

於是，馬力不如汽車的雷新，只能騎著他那輛可憐的小綿羊，被飛馳而去的車子甩了一臉的泥沙。嚴歡看著車後漸漸被甩開的記者，心裡為對方默哀。不過他也只是想想而已，可不敢表現出來。

嚴歡現在已經很少公然發表反對付聲的意見了，這不是因為他終於屈服於大魔王的淫威，而是最近付聲對他的態度實在是有些奇怪，這讓嚴歡不敢輕舉妄動。

「把握時間休息。」付聲頭也沒轉，對著身旁的嚴歡道，「晚上到了場地就要表演，現在不睡到時候可沒人會讓你睡。」

即使是遲鈍如嚴歡，也能聽出這話裡隱藏的關心。最近付聲雖然依然在冷嘲熱諷他，但是語言中透露出來的關切卻比以往多了一倍，這讓嚴歡也感覺到不對勁了。

付聲這是哪根筋搭錯了？還是這只是他的緩兵之計，後面有更厲害的招數在等著自己？

出於某種隱隱的擔憂，嚴歡又一次沒有反駁付聲，乖乖地閉起眼睛休息。

付聲用眼角瞥了一眼聽話睡覺的嚴歡，對於少年的順從明顯感到滿意。同時，他也在心裡反思自己以前是不是太過嚴厲，所以嚴歡才總是反抗。看看，才實行了陽光提議的懷柔政策沒多久，嚴歡就比以前聽話了許多。

難道對待這個小子，只能施軟不能用硬的？

付聲在心裡默默琢磨的同時，他們也抵達了這次旅行的終點站——麗江。

車隊緩緩駛入麗江境內，眾人的心情也在這一刻發生了轉變。原本常見的藍天白雲，現在變得像是一座高高懸掛在上的巍麗吊頂，他們就像是走進蔚藍大禮堂、即將登臺演出的表演者。而這裡的空氣，似乎也比別的地方清新許多。

這是全國巡演的最後一站，在這裡結束終場演出後，樂手們將踏上歸途。

他們此行最後的舞臺，也是最隆重的舞臺是——麗江天雨音樂節。

與一般的搖滾音樂節不同，這場音樂節揉合更多的流行元素，不僅有出名的搖滾樂團，更有許多明星大咖，還有來自海外的偶像明星，看起來似乎很不「純血」。

不過正因為聚集了很多「主流世界」的明星，這次麗江音樂節的聲勢也是非同凡響。以至於在半個多月前收到特約嘉賓邀請函的時候，樂手們都是一副不敢置信的表情。更不可思議的是，付聲竟然接下了這個邀請。

對於來自樂手伙伴的疑問，付聲是這麼回答的：「雖然我不喜歡主流音樂節，但這並不妨礙我利用它。」

這讓嚴歡對付聲的下限又有了一個新的認識——原來一向清高的吉他手，也會為了擴大名氣而利用主流音樂活動啊！得到這個認知的時候，嚴歡心裡又酸又脹，並不好過。

他不是在生付聲的氣，而是痛恨自己！如果不是他們還不夠出色，如果不是悼亡者還沒有抵達一個足以讓人滿意的高度，如果不是自己這個團長太過拖後腿！付聲也不會違背自己的原則，去參加他並不感興趣的音樂節。

而原本因為不願參加隨大流的音樂節而與夜鷹鬧翻了的付聲，現在竟然願意為了他們主動參與主流音樂節。這一項認知，更加讓嚴歡覺得自己愧對付聲。

——這也是他最近很少反駁付聲的另一個原因。

臺。

「到了，下車吧。」

付聲喊醒了假寐中的嚴歡，讓他從紛繁的回憶中回到了現實。

跟著樂團的朋友們一起下車，嚴歡第一眼看到的就是遠處正在搭建的大型舞臺。

那就是他們即將表演的舞臺嗎？

看著湛藍背景下，高高樹立起的金屬框架，嚴歡覺得自己彷彿看到了一隻吞噬人的巨獸。

「去洗把臉，等一下就去酒吧。」

在幾日後的音樂節正式開始前，嚴歡他們還要在麗江當地的酒吧演出幾場，只有收穫了一定的人氣並得到認可，主辦方才會正式邀請他們去主舞臺表演。這是當時隨著邀請函一起寄過來的苛刻條件，但是付聲也毫不猶豫地答應了。他似乎絲毫都不擔心，悼亡者樂團是否會在麗江得到本地人的支持。

要知道，麗江出名的不僅僅是風景，為數眾多的音樂酒吧，以及隱藏在這風景秀麗之地、浩瀚如繁星的獨立音樂人，也是它聞名的另一特色。

要想在這裡獲得認同，不是一般的難度。

似乎是注意到了嚴歡的隱憂，付聲空出一隻手，揉了揉他細軟的頭髮。

「不用擔心，今晚去的酒吧我認識老闆，不會有太多麻煩。」

他這是在安慰自己嗎？

嚴歡摸著付聲剛才揉過的地方，感覺連髮絲的尾端都在發燙。

突然溫柔起來的付聲，真的讓他消受不起啊！

「哎，終於追到你們了，嚴歡……哎，嚴歡，你的臉怎麼這麼紅？」

雷新才說完這句話，就覺得自己被嚴歡狠狠瞪了一眼。奇怪，他說錯什麼了嗎？

「現在這個時間，麗江可不一定有空餘的民宿。」嚴歡惱怒地看著這個點破自己心情還一臉茫然的傢伙，「祈禱自己今晚不要露宿街頭吧，雷大記者！」

哼，他扭頭，沒有再看雷新一眼，追隨著付聲離開。

苦命的雷新在原地哭笑不得，「我什麼時候惹到他了？」

不過很快，他注意到了遠處正在搭建的大舞臺，記者的天職讓他立即翻出相機，拍了幾張照。

數小時後，雷新發出了他擔任「隨團記者」以來，第一百一十六篇貼文。

#背著吉他去巡演 抵達麗江！期待演出！

03

#Pray it out

搖滾之殤

推開帶著一股木香的厚重大門，嚴歡一行人走進了一家裝修精緻的酒吧。與大城市裡的酒吧不同，這間酒吧少了許多浮躁喧嘩，多了些沉靜。也許是現在還沒有到營業時間，這裡給人一種靜謐的感覺。

「好久不見，你們來得比我預想中早了一點。」

聽到一個有些耳熟的聲音，嚴歡抬頭一看，那個端著酒杯對他們笑吟吟的傢伙，不正是藍翔嗎？那個曾經名動獨立樂團界的搖滾主唱，現在轉做幕後大老闆的人物。

「藍翔大哥！」嚴歡驚呼，「你怎麼會在這？」

藍翔對他擠了擠眼睛，反問：「我為什麼不能在這？一個老闆待在他的酒吧裡，不是很正常嗎？」

「所以說付聲剛才說的熟人老闆，就是你？這家酒吧是藍翔哥你開的？」

「你可以說，這家酒吧是我名下的產業之一。」

果然人比人氣死人，想想這位前主唱的身家，再想想自己現在身無分文，還要靠付聲包養，一股深深的鬱悶從嚴歡心底瀰漫開來。

藍翔見狀，笑著揉了揉他的腦袋。

「急什麼，你還年輕。對了，付聲，還有一點時間，你要先練習一下嗎？」

付聲瞥了他一眼，「如果某些傢伙不給我添麻煩，就什麼都不需要。」

「呵呵，你怎麼能這麼說呢？我這麼做還不都是為了你們好。」

「多此一舉。」

「哎呀，這話我可不愛聽。怎麼說，事先在麗江幫你們打出名聲來，等到音樂節的時候才會有人氣嘛。」

「就算你不多插手，我們也會憑實力得到認可。」

「哈哈，我就知道你會這麼說。」

藍翔與付聲彼此對視著，你一言我一語，在旁觀的幾人看來，他們之間的唇槍舌劍，似乎一不小心就會戳傷圍觀者，不由得都退了退。

「多此一舉？怎麼回事啊？」只有嚴歡還摸不著頭腦，「這不是藍翔大哥好心借我們演出場地嗎，付聲怎麼和他嗆起來了？」

「你啊。」陽光嘆氣，「你看到邀請函的時候，就沒有好好看一眼？」

「好好看一眼什麼？」

「這次麗江音樂節的舉辦方，藍翔就是其中之一。而要求我們在麗江酒吧巡演，才能登上主舞臺，這個要求，也是藍翔提出來的？」

「欸，欸——?!等等，那藍翔他究竟是什麼意思？」情急之下，嚴歡連尊稱都省略了，直呼其名。

「我的意思，當然是為你們好。」藍翔放下與付聲的對峙，轉身對他們道，「對你們悼亡者來說，現在最重要的是提升名氣，讓大眾廣而知曉。參加音樂節，在麗江音樂圈裡打出名氣，不都是為了你們好？」

「包括讓我們去討好根本不知道搖滾為何物的人？」付聲在旁冷聲道。

藍翔看了他一眼，目光複雜。

「你不矛盾嗎？付聲，你想要成為世界頂級的搖滾樂手，又不屑理睬那些普通觀眾。你真的以為世界上的真正樂迷有那麼多？哪一支成功的世界頂級樂團，不是擁有著無數的大眾粉絲？」

「……但是聽懂他們音樂的人，卻寥寥無幾。」付聲沉聲道。

他這一句話說出來，在場所有人皆沉默下來。

付聲說得沒錯，藍翔的觀點也沒有錯，他們爭執的，正是現在搖滾樂面臨的悲哀局面。一方面，它需要認可，需要世界上越來越多的人關注，需要走出人們狹隘的偏見。但是另一方面，隨著關注度的提高，很多人卻沒有真正掌握搖滾的本質。他們披上搖滾的外衣，披上叛逆的皮囊，嘩眾取寵，可是對於搖滾樂本身，這些人卻根本不瞭解。

在越來越多的音樂人和聽眾拿搖滾幫自己貼金的時候，這些人其實並不懂真正的搖滾，但可笑的是，搖滾卻需要他們來積累人氣，才不會成為往日雲煙。

這就是知音與商業化現實的摩擦，對於這一點，嚴歡以前從未認識到，John卻是深有感觸。

當名氣積累到一定地步的時候，反而會覺得疲憊。因為你不知道那些對著你歡呼、對著你狂歡的樂迷中，有幾個人是真正被你的音樂吸引，而不是只看見那華美的外殼。

對於付聲的固執，藍翔似乎也有些氣惱了，不假思索道：「難道你要成為世界上第二個寇特．柯本嗎?!」

這句話脫口而出的一剎那，他就後悔了，而場內的氣氛此時更加寂靜，幾乎快讓人窒息。

「John，」嚴歡忍不住吞了吞口水，「他們說的那個柯本是誰？」

「如果我沒有猜錯，他們說的是一個樂手。」John的聲音也有些沉重。

「為什麼要提起他？」

「我不知道，歡，我離開這個世界太久了，很多事情都沒有聽聞過。但是……我能夠猜得到，他們說的這個樂手，也許沒有什麼好下場。」

「什麼?!」

正在此時，嚴歡聽見付聲冷冷一笑，然後回道：「你把我和寇特相提並論，我是不是該感謝你？不過很遺憾，我還不至於走到那個地步。」

「是嗎？我也希望如此。」藍翔似乎不想再針鋒相對下去了，「晚上的營業時間快到了，你們還是先練習吧。至於你，付聲，你接下了我的邀請函，總不至於現在才打退堂鼓吧。」

付聲冷哼一聲，不置可否。藍翔無奈，對眾人揮了揮手，就先離開了。

之後，在大家忙著調試樂器的時候，嚴歡壓不住心中的好奇與擔心，偷偷地去找陽光。

「喂，你們剛才說的那個人，是誰？為什麼一說出他之後，大家都變得很低迷？」

「哦，你說的是寇特啊？」陽光放下手中的貝斯，笑笑地看著他，「他是一個出色的樂手，你應該聽過超脫樂團吧？寇特就是他們的主唱，也是靈魂人物。」

「那……他後來怎麼了？」

「死了。」

「怎麼死的？」

「在自己的房間裡吞槍自殺。」陽光輕輕道，「他認為沒有人瞭解他真正的音樂，世人只是為了樂團的名氣與外表而來，但是他歌裡的靈魂，卻沒有人願意去傾聽。最後，在超脫樂團走向世界高峰的時候，毒品、傷病，一切磨難耗盡了他對搖滾的熱愛，寇特選擇離開這個世界。

「有人說他是一個偉大的樂手，一個時代的代表，但也有人說他只是一個懦弱的癮君子。」陽光笑了笑，「不過這些都是陳年往事了，藍翔剛才不該提起他的，即使付聲也曾……」

他頓了頓，又道：「我相信，付聲不是那麼輕易放棄自己性命的人，而且現在還有你在。」

「我？」嚴歡不可思議地指了指自己的鼻子。

「是，因為有你在，他看到了更大的希望。所以嚴歡，不要辜負我們的期待。」陽光語重心長道，「我希望之後無論遇到什麼，你都能和付聲一起走下去。不要去管世人怎麼評論、怎麼看你們，要知道，即使是約翰．藍儂，也被不少人非議過，更何況我們。」

John：「……」

「好了！整理整理吧！」陽光從靠著的吧檯上一躍而起，「晚上的演出就要開始了。」

「你們還在這裡拖拖拉拉什麼？」

付聲一臉不快地走了過來，看著嚴歡。

「今天晚上的表演，不容有錯，明白嗎？」

嚴歡心裡滋味難言，此時倒是不介意付聲的語氣了，他打量著付聲好一段時間，直到快把付聲惹毛了，才鄭重地點了點頭。

「我知道。」

要與這個人並肩而行，似乎比想像中的還要困難。

不過，我會盡力的，拚盡一切，也要站在你的身邊！

嗡——

沉重的金屬弦音劃過，餘音未消，臺下的所有人都目瞪口呆地看著那個站立在正中央的吉他手。

他高高舉起右手，猶如剛剛結束一場激烈的戰鬥，五指緊握。汗溼的黑髮緊貼在額前，緊閉的雙眸顯示著他此時的專注。沒有人敢打擾他，所有人都在等待他做最後的結束。

吉他手睜開眼，輕掃了臺下一眼，隨後微微地欠身後離開，只留給眾人一個瀟灑的背影。

直到幾秒以後，場內的觀眾才反應過來，驟然的寂靜後，便是爆炸般的歡呼聲！熱烈的喝彩和狂喊幾乎要把屋頂掀翻，沒有人能阻止他們的瘋狂！

他們剛剛經歷了一場無與倫比的盛宴，吉他的彈奏彷彿還在耳邊，靈魂久久不能平息。

而在他們之中，沒有誰能比嚴歡更加受到震撼。這位志在吉他的少年人，此時呆呆地望著付聲離開的方向，仿若夢遊一般。

「他……比以前更厲害了。」

「那是當然。」John 說，「付聲正年輕，還有更多的潛力，他不會原地停留等你追上去。在你偷懶、迷惘的時候，當心別被這個傢伙甩下了。」

嚴歡苦笑：「說真的，John，我現在懷疑我真的能一直站在他身邊嗎？陽光他們是不是都太高看我了？付聲他……」

付聲，就是一個為吉他而生的天才。不，說天才反倒是侮辱了他。他不是僅僅憑藉天賦就洋洋得意的傢伙，相反，比起其他人，付聲一直都是最努力的那個。他就是為吉他而生，也是為此而活，比熱愛生命更加地熱愛搖滾。

在這樣燦爛的煙火前，嚴歡難免有些相形見絀。

「比起他來，你是還差了一點。不過你更年輕，歡，你還有更多的時間去尋找屬於你自己的搖滾。」

「屬於我自己的搖滾……」

「嚴歡！」

角落裡有人喊他：「你們的表演快開始了，還不去後臺準備？」

「哦，好的，馬上就來！」

在付聲的吉他獨奏之後，緊接著便是樂團的演出，沒有時間留給嚴歡感慨。一溜煙跑到後臺的時候，果然見到付聲正一臉不耐地看著自己，嚴歡悄悄地縮了一下脖子。

「你剛才又跑哪去了？不知道樂團的演出就快開始了嗎？」

「我、我……」

「別生氣，嚴歡剛才是去前面看你表演了。團長大人親自捧場，付聲你不該感到榮幸嗎？」陽光很合時宜地出來打圓場，總算讓付聲皺起的眉毛稍稍舒緩了些。

「想要聽我的吉他，隨時都有機會，不需要浪費練習的時間。」付聲把小鬼拎過來，拉到自己面前，「等一下上臺的曲子準備好了沒有？」

「差不多吧。」

「好還是沒好？不准給我模棱兩可的答案。」

嚴歡呢喃：「暴君，魔鬼……」

「什麼？」付聲挑挑眉毛，「我沒聽清楚，你再說一遍？」

「我是說我準備好了，完完全全地準備好了！一定不會出差錯，大人您就放心吧！」

看嚴歡一副恨不得立刻從自己手裡逃開的模樣，付聲才後知後覺自己剛才好像又太過嚴厲了，不自覺地便對小鬼大聲起來。陽光在一旁看著他，頗有種恨鐵不成鋼的意味。

「你……」付聲忍不住伸手去，想要揉一揉嚴歡的腦袋，然而在看到小鬼因為自己的舉動而瑟縮了一下後，他頗不是滋味地收回手。

「等一下在臺上，好好表現。」

付聲將手放回身側，轉身上臺。

「我要聽到他們的歡呼，不僅僅是為了我。」

「啊，哦……」嚴歡愣愣地，思索了半晌付聲的含義，還是沒搞懂，「他剛才那是什麼意思？」

「傻小子。」陽光哭笑不得，「你說呢？付聲是在鼓勵你呢。」

「他有這麼好心？」

「付聲對你一向是很體貼的，不過……」陽光想了想，道，「如果你在臺上的表現沒有達到他的要求，他也會很快收回這種體貼就是了。加油吧，嚴歡。」

「……」

於是，在正式上臺的時候，嚴歡背負著難以想像的壓力站到臺前，而當他頂著臺下眾人灼熱的注視，站到立麥前，那龐大無形的壓力險些讓他腳下一顫。

「這麼年輕？」

「這就是剛才那個吉他手的樂團主唱？」

「悼亡者，你聽過這個名字嗎？」

「略有耳聞，不過這主唱也太年輕了吧，國中畢業了嗎？」

大爺我兩年前就拿到國中畢業證書了，你們這群沒眼光的傢伙！

臺下的議論聲隱隱約約地傳到嚴歡耳中，他有些氣憤，更多的卻是無可奈何。終究還是他太年輕，無法服眾嗎？

不知何時，一個身影悄無聲息地站到他身側，嚴歡側頭看去，見到是付聲走到了他身旁。

「開始表演。」吉他手望著前方，目不斜視道，「用你的歌聲讓他們閉嘴。」

簡直沒有比這更酷的鼓勵！沒有比他更可靠的團員了！

嚴歡在此時十分感激付聲這種別出心裁的安慰方式，他走上前一步，輕輕握住麥克風。

無論付聲多麼厲害，無論他跑得有多遠，至少現在，他都是自己的吉他手，是自己可靠的伙伴，不是嗎？然後在一秒間，嚴歡下定決心。

一定要登上麗江的主舞臺！一定要讓更多的人知道他們悼亡者！

從這一刻開始，便是戰場！

少年掃去心中的彷徨和膽怯，他握緊麥克風，就像握住了自己的未來。輕輕閉上眼，霎那間，周圍細細的交談聲，空氣中器械的嗡鳴聲，胸腔中搏動的心跳聲，在此時此刻全都如此清晰！

嚴歡沒有哪一刻覺得自己比現在更靠近搖滾！一條逐漸清晰的道路，似乎正在眼前展現。

一秒後，他睜開眼，對著臺下的觀眾們展露一個燦爛的笑容。

然後，輕輕啟唇。

當那清脆又略帶沙啞的歌聲隨著電流傳播到每個人耳中，就像是一泓清泉在眾人面前汩汩流動。隨著這泓清泉，歌者心中的聲音也彷彿在他們耳邊閃現。

告訴他們——

這就是我，這就是悼亡者樂團！

「喂，媽。

「嗯，我還好啦。

「沒事，不餓，每天都能吃飽，也沒有很累。

「大家現在都在準備音樂節，音樂節妳知道嗎？就是會有很多人來看的那種。

「嗯，嗯……

「我知道。」

嚴歡輕輕向後一靠，靠在破舊的牆上，看著天上的一輪明月。

今天是中秋，八月十五，月亮化作圓圓的一輪銀餅，掛在夜空中。上面似乎藏著一隻肉眼無法看見的兔子，在桂樹下無聊地打著瞌睡。這本該是團圓的節日，嚴歡卻一個人躲在漆黑的小巷裡，聽著數百公里外來自家裡的電話。

雖然自從住進付聲家後，他父親就口口聲聲地說不會再管他，可到頭來還是血濃於水。現在每個月嚴媽媽都會打電話給他，問他一些最近的事情，問他過得好不好。不知為什麼，一向看得很開的嚴歡，這時候聽到電話那端母親的聲音，鼻子卻有點酸酸的。

「對了，樂樂最近怎麼樣？」

背靠著潮溼的牆，嚴歡想像著另一端家裡溫暖明亮、和樂融融的場景，莫名有些惆悵。只有提起那個才幾個月大的小弟弟，他心裡才會放鬆一些，快樂一些。

「他會說話了嗎？」

嚴歡拿著手機，聽著母親在那邊描述弟弟調皮搗蛋的事情，忍不住笑出聲來。

「等我回去，他會不會不認得我了？」嚴歡有些擔心，長期的分離會讓年幼的弟弟對自己感到陌生。

嚴媽媽似乎是感受到了他的不安，沉默了片刻，緩緩道：「歡歡，無論什麼時候，我們都是一家人，不管發生什麼事，我們都還是最親的親人。樂樂會記得你的，因為你是他的哥哥。」

兩三句話，卻幾乎讓嚴歡的眼角泛紅。自從他進入叛逆期，和父母起衝突以來，母親究竟有多久沒有這麼呼喚他了？在衝突最激烈的那幾個月裡，父母與兒子相處得就像是仇人一般。那時候的嚴歡不是沒有想過，為什麼自己會生在這個家裡，為什麼自己會有這樣的父母，為什麼都沒有人理解自己！

而現在，他才明白了。家人沒有隔夜的仇，無論再怎樣怨恨過，父母始終是他最可靠的親人——是把他帶來這個世界上的人。

「媽……」嚴歡終於忍不住，帶出些許哽咽的聲音，舌頭轉了幾圈，該說出去的話卻最終只凝聚成了一個詞。

「對不起。」

那邊，嚴媽媽安靜了片刻，輕輕笑了。

「說什麼對不起，我是你媽呀。」

短短的一句話，彷彿將半年前的隔閡全部一掃而空，那段曾經壓抑得讓嚴歡無法呼吸的記憶，也煙消雲散。

「等你那什麼音樂節結束後，回家來一趟吧。你爸爸也擔心你，只是嘴上不說罷了。對了，還有，如果錢不夠的話……」

「媽。」嚴歡打斷了母親的絮叨，「都說了我錢夠用，我最近四處表演，賺了不少錢。」

「真的？」嚴媽媽似乎還有些不敢置信，「你那個什麼樂團的工作，能賺那麼多錢嗎？你沒有拿去亂用？錢要好好存起來，不要該用的時候就沒得用了。」

「嗯，嗯，我知道，我存著呢，回去買東西給你們，帶些禮物。」

嚴媽媽輕輕一嘆，「我不需要你買什麼禮物，你能過得好就是最好的禮物了。」

「……嗯。」

「既然這份工作能讓你養活自己，那麼我和你爸爸也不反對。你要好好工作，不要拖累同事，知道嗎？」

「我知道，我可厲害了，他們都說我很出色。」

「你呀，不要太得意，要謙虛一點。」

嚴媽媽又嘮叨了一陣，等到嚴歡最後放下電話的時候，手機已經熱得燙手，但是更讓他難為情的是自己竟然快哭了。

母親僅僅幾句話就讓嚴歡如釋重負，一直以來壓在身上最大的那個包袱——不被家人理解、不被親人認同的包袱，終於在此刻卸掉。他不用再背負那個重重的殼，可以在搖滾這條道路上自由行走。

現在開始，他有值得信賴的伙伴，有理解自己的父母，有一片光明的未來，還有誰能比他更幸運？誰還能比他更加幸福？

他怎麼能不珍惜這個機會！

嚴歡深吸一口氣，從靠著的牆上挺身站直。他右拳緊握，眼神堅定，下定了一個不能動搖的決心。然而當他轉身，看到立在巷口的那道人影時，又愣住了。

付聲究竟在那裡站了多久？他又聽到了多少？

嚴歡感到一陣熱意從脖子裡蒸騰而起，飛快地竄上臉龐。

「你……」

「我是來告訴你。」不等嚴歡出聲，付聲飛快道，「這幾天我們的表演已經獲得本地人的認可，明天，就可以正式踏上主舞臺了。」

嚴歡被這個意想不到的好消息衝擊到了，難以置信地問：「真、真的？可是，麗江這邊的人不是很挑剔嗎？」

「他們是很挑剔，一般水準的樂團入不了這些人的法眼。」付聲微微抬起下巴，「但是，我們什麼時候是一般水準的樂團了？以悼亡者的實力，通過這種小測驗輕而易舉。」

輕而易舉，輕而易舉……

嚴歡腦子裡不斷迴旋著付聲說的那個詞，原來，不知從什麼時候開始，悼亡者已經變成了這樣一支有實力的樂團了嗎？可以得到正式的認可，獲得眾人的贊同。

是啊，為什麼不呢？

他們有優秀的鼓手向寬，有重新振作發出光芒的貝斯手陽光，還有——付聲！

他們的練習不比任何人少，相反的，每天比任何人都更加勤奮，而他們對搖滾的熱愛也絕對不輸任何人。這樣的一支樂團，為什麼不能獲得它應該獲得的位置？

嚴歡這才反應過來，原來從他踏上這條路的時候起，如今他們已經走了很遠。離他的夢想，又更近了一步。

「你做得已經足夠好，不過，還不夠。」付聲踏進巷子裡，向嚴歡伸出手。月光從付聲身後撒下，讓他看起來就像一尊不可侵犯的神祇。這位神祇微微低下他倨傲的下巴，向渺小的凡人伸出自己的手。

「明天，和我一起讓所有人都目瞪口呆，嚴歡。」

嚴歡呢？

他無法拒絕這個要求。因為那實在是太誘惑，太讓人無法抗拒。還因為，現在站在面前的這個人，他從來都無法拒絕。

從看到舞臺上的付聲的第一眼起；這個人傲慢地走到自己面前，說要加入樂團後；當他許下諾言，說要讓悼亡者成為世界第一的樂團時。在最初遇見的那一刻，嚴歡就知道自己被這個人俘獲，被他無所不能的吉他俘獲。

所以，他揚起大大的笑臉，緊緊握上付聲的手。

「當然！」

他們要讓音樂節上的所有人都被悼亡者震撼。讓這支樂團，載入搖滾殿堂！

在即將舉辦的麗江音樂節的出演名單中，加上了一個不起眼的團名。它縮在一個小小的角落，和旁邊那些光芒萬丈的大名比起來，似乎很微不足道。

然而，若是有人能預知未來，就能知道這是改變歷史的一幕。從今天起，一支小小的獨立樂團，正式走入了世人眼中。但是在這一刻，關注悼亡者的人還僅僅只有他們自己，以及這個世界上為數不多的那麼幾個人。

這些稀少的人，驚喜地將這個消息傳上網，傳到他們所在的每一個角落。猶如星星點點的火光，在這片大地上點燃。

告訴這世界——悼亡者，來了！

麗江天雨音樂節當天。

天公作美，無雲無雨，是個晴空萬里的好天氣。人群早早地就在舉辦場地內聚集起來，門口排隊入場的隊伍，彎彎曲曲地繞了好幾圈都看不見盡頭。

嚴歡他們從演出人員專用通道瀟灑入場的時候，不知道遭受多少辛苦排隊的勞苦大眾的白眼。

「好多人啊。」嚴歡好奇地扭著脖子回頭去看，望著那邊密密麻麻的人頭，感嘆道，「這絕對有好幾萬人吧。」

「人數比迷笛多是肯定的，但是你別忘了，這裡的大部分觀眾都不是為了我們，也不是為了搖滾樂團來的。」向寬對他點頭，示意路邊那一長串的各種高級車。

那大多都是加長型的高級車，深色車窗，外人根本無法看見車內的情況。而這樣的車，在整座舉辦音樂節的場地內總共停放了幾十輛，這都是各位明星所乘坐的保母車。大到天王天后，小到新興偶像，無一不有。而外面那些瘋狂的排隊人潮，也大部分是為了他們而來。

「這一次，我們不是主角。」陽光也贊同道，「和迷笛那次完全無法比較，外面那些人可不是來聽我們的音樂的。」

「不是又怎樣？」走在前面的付聲突然停下腳步，回頭看著自家團員，「就算他們現在不是為我們而來，等到音樂節開始後，就讓他們變得為我們而瘋狂。這一點你們做不到嗎？

「你做不到嗎？」他的目光越過陽光和向寬，直視著嚴歡。

悄悄吞下一口唾沫，嚴歡感覺到難以忍耐的乾渴，喉嚨裡彷彿有東西在燃燒。付聲灼灼地看著他，更加讓他心緒難平。

他又想起昨天晚上，付聲伸手握住自己。那雙撫摸吉他弦的手上有著很多老繭，摸起來很粗糙，卻讓人覺得格外安心可靠。

想起當時兩手交握的觸感，嚴歡不再回避，回視著付聲道：「當然能！不僅要讓外面的人為我們瘋狂，我以後還要讓全國、全亞洲、世界各地的人都為悼亡者瘋狂！不是說好了嗎？我們要成為世界第一的樂團！」

一雙黑眸隱隱閃耀著光芒，付聲看著嚴歡年輕自信的臉龐，嘴角露出一抹笑容。

「不要忘記你今天說過的話。」

「我永遠都不會忘的。」

看著前面那兩人「含情脈脈」互望的場景，向寬摸了一下手臂上的雞皮疙瘩，顫抖道：「發生什麼事了？我怎麼覺得他們好像有點不對勁。」

陽光含笑拍了拍他，安慰道：「早就不對勁了。我奇怪的是，竟然到現在都沒人發現。算了，以後你應該慢慢就習慣了。」

「什麼習慣？陽光，你話裡有話啊，說清楚不行嗎？」

「呵呵。」

「呵呵個屁啊……」

要讓所有人都為自己瘋狂！

這句話話音未落，彷彿還響在耳邊。然而嚴歡此刻站在後臺，悄悄望著外面那群瘋狂的觀眾，開始想自己是不是不經意間說出了根本不可能實現的大話。

臺下的觀眾們歇斯底里地狂喊著，不過不是為了悼亡者樂團，而是為了剛剛下臺的某位偶像男星。這位男星結束他的最後一首歌，瘋狂的粉絲們不斷地呼喚著安可，希望能將自己的偶像再次捧上臺。

而就在這種熱烈的氣氛下，下一個將上臺的卻是悼亡者。這讓嚴歡不得不感覺到來自全世界的惡意，亞歷山大啊。要是一個沒弄好，接下來上臺的悼亡者迎接的將不是掌聲和歡呼，而是如雷鳴般的倒喝彩——沒有人喜歡在呼喚自己偶像上臺的時候，卻突然冒出一支名不見經傳的小樂團。

「John，對於現在這種情況，你有沒有什麼解決辦法？」最後，有些沒底氣的嚴歡，還是忍不住求助經驗豐富的老鬼。

「方法倒是有一個。」

「什麼?!」

「你們以壓倒性的方式登場，將之前那個人的風采完全踩在腳下。這樣就不會有人再去惦記那個奶油小生的情歌了。」John 不屑道，「就音樂來說，悼亡者完全甩他十條街。」

「John……你這個方法很不現實。」

「為什麼？」

「你不知道對於瘋狂的粉絲來說，偶像的一切都是最完美最無缺的嗎？即使我們唱得再好，也比不上人家偶像的一根小指頭啊。」

「是嗎？我可不這麼認為，嚴歡。」John道，「所謂的追星族，他們喜歡的究竟是什麼？是外貌，是實力，還是迷人的性格魅力？這三點，悼亡者缺少哪一個？單就付聲而言，你認為他會比不上之前那個明星？」

「就算你這麼說……」

「嚴歡！」

就在嚴歡還想繼續辯駁的時候，身後有人喚他。他回頭望去，見一道人影正踏上階梯，半側著身對他招手。

「過來，上臺。」

簡單的幾句話，從付聲嘴裡說出來卻有一種說不出來的氣勢。好像他們不是在準備登上舞臺，而是準備前往戰場。

他的髮色比夜色還深，他的眼眸比天空的星辰還璀璨，他屹立不倒的身影就像一座燈塔，讓緊隨他的人永遠能看到那道光芒，不會在迷霧中迷失。

嚴歡心底的不安奇跡般地全消失了，他看著付聲片刻，靜靜笑開。

「是啊，你說得沒錯，John。」

背起吉他，他朝站在階梯處的人跑去。

有這個男人在，他們還有什麼不能完成的事情嗎？

嚴歡感覺到前所未有的自信。只要有付聲，他們的天就永遠不會蹋。至少這一刻，他是真的這麼認為。

嗚嗡——！

從升降梯升上舞臺的一瞬間，巨大的聲響從四處圍攏而來，幾乎要穿透鼓膜。來自四方的吶喊、呼喚，還有各種噪音，彷彿濤濤洪水般將剛剛上臺的四人團團圍住。嚴歡站在最中心的舞臺，感受著四面八方帶來的壓迫感。那種被幾萬人同時盯住的感覺，絕不是以前任何演出可以比擬的。

「準備好了嗎？」

就在嚴歡還處於震驚之中的時候，付聲已經踏前一步，帶著他的吉他站在舞臺中央。

即使面對著上萬人，付聲還是一如既往的自負，毫不退縮。似乎他面對的不是上萬雙虎視眈眈的眼睛，而只是在酒吧進行一次普通的演出。無論在哪，他永遠都不會因為外人而受到影響。

他就是這樣一個傲慢的男人，能入他眼的除了吉他，就只有寥寥幾人。

而我，現在是這個男人的伙伴！

嚴歡輕輕吐出一口氣，從付聲身後走出來，站到舞臺的最前方。

直面著上萬人的聲濤，就像是站在懸崖邊聽海浪狂猛拍擊著岩石。而他們，現在就站在著懸崖上，即將從此起飛！

嚴歡忽然露出一個大大的燦爛笑容，那笑容被放大在後方的巨大螢幕上，讓所有看到的人都是一愣！

下一秒，他大步上前握住眼前的立麥，將它拽到身前，對著所有人大聲宣告。

「開始吧！狂歡宴——！」

少年激昂而熱烈的宣告，在整個會場震盪開來，遠遠傳去！

「**嗯——嗯——**」

輕輕的低吟聲，被風吹起飄蕩開去。

嚴歡微微閉眼站在舞臺中間，低聲輕哼。晚風悄悄掀起他的髮絲，露出光潔的額頭，夕陽的餘暉映在他臉龐，暈光的色，仿若油畫。

低沉的貝斯聲若有若無，緊緊伴隨在輕哼中，像是如影隨形的幽靈。少年青澀沙啞的聲音，傳遍整個演出現場。

一種不可言說的默契在人群中傳遞開來，人們彷彿做了無聲的約定，都屏息凝神，靜靜地注視著臺上的少年。在突如其來的開場白後，這別出心裁的歌曲進行式，讓觀眾安靜下來。

他是誰，他要做什麼？

他為什麼這麼特別？

所有人心裡都在想著這個問題，然後，他們看到焦點中的少年睜開了眼。那是一雙彷彿能抓住晚霞的眼睛，與之前的燦爛笑容判若兩人。

就在眾人都為這一雙眼失神時，那久等不來的歌聲，終於在嚴歡輕啟的雙唇中，娓娓道來。

首先傳入耳中的，是猶如哭泣的沙啞歌聲。

「**黑夜裡**——」

狂風忽至，迷離人眼。

少年屹立在風中，用歌聲，描繪一個倔強不肯放棄的人。

他說：

「**黑夜裡，我失去了雙眼，**

再也見不到光亮。
黑夜裡，我失去了雙腿，
再也奔不向遠方。
黑夜裡，我失去了雙手，
再也觸不到夢想。
像一縷浮萍，飄蕩在四方，
尋尋覓覓，渾渾噩噩，
聞不了陽光的芬芳。」

這是一個苦苦掙扎的人，他痛苦，他絕望，他的世界除了黑暗一無所有。當一切都被剝奪，他還剩下什麼！他還擁有什麼？

眾人的心被緊緊揪住，忍不住屏住呼吸，看著臺上那神色痛苦地歌唱著的少年。鼓，聲聲敲響，一下一下將人敲擊至深淵。一切彷彿都墜向最低谷，卻在這時——！

一個桀驁不遜的人高揚起頭，撥弦！

噌噌——！

如利劍出竅，如長箭離弦！

吉他衝擊的樂聲豁然喚醒所有人，付聲彎腰，撥動、扣動弦音，黑髮凌亂地甩開，在空氣中劃下一道道無形的痕跡。

人們目瞪口呆地注視著這個瘋狂的吉他手，又被他更加奪人耳目的彈奏攝走心神。

在氣氛最低迷的時候，這段吉他獨奏彷彿就是聚光燈下的獨白，將嚴歡歌聲中描繪的那個痛苦掙扎的人，淋漓盡致地表現出來。

他的不甘，他的不願，他的憤怒！盡現在每個人眼前，讓所有人隨著他一同憤怒，不甘，悲傷！

那麼，該怎麼辦？失去了一切後，究竟該怎麼辦？

「啊，信仰，

那美麗又神聖的夢想。

它是一把利劍戳在胸膛，又如烈烈燃燒的火光，

炙痛我乾枯的靈魂，直教人瘋狂！」

一切結束，最後一個弦音在空氣中振振顫抖，嚴歡的歌聲又呈上舞臺。

心裡彷彿真的有一團火在燃燒，眼前是看不見盡頭的人群，他卻好似回到許久之前。

那個與眾不同的早上，那次大膽狂妄的決定，那場委屈不甘的離家出走，那個懵懂衝動的開始！

他，與搖滾相遇。

一路走來，從過去到現在，一幕幕自腦中劃過。

少年再次放低聲音，清越的歌聲被晚風送至每個角落。

「黑夜裡，我曾經跌落的地方，

沒有光亮，沒有遠方，沒有夢想，

卻還有一盞燭光。

黑夜裡，我執著攀岩的崖上，

沒有光亮，沒有遠方，沒有夢想，

卻還有一絲希望。」

哪怕是在最痛苦的時候——付聲輕輕彈奏。

哪怕是在最悲傷的時刻——陽光緊握貝斯。

哪怕是在最迷惘的時光——向寬用力敲擊。

——我都沒有放棄搖滾！我、們！

「啊，信仰，

它被碾碎的屍體躺在地上，
血染大地，遍布憂傷，
而那炙熱的血脈中，卻還有一絲灰燼。
直到哪天，將我從夢中驚醒，
去尋找曾經丟失的——光亮，遠方，和夢想！」

熱血在身軀內燃燒，眼前一片鮮紅。

夢想，夢想，夢想！

信仰，信仰，信仰！

叫人忍不住緊握住拳頭，讓人忍不住淚流而出，那脆弱又美好的兩個字！我究竟是在什麼時候丟失了它！

「**啊，信仰，**
黑夜裡，唯一可見的光芒。」

曲終，音盡。

一切悄然無聲。

嚴歡的喉嚨嘶啞得近乎疼痛，心臟卻怦怦狂跳，彷彿要從胸腔中破土而出。

這首《黑夜裡》，即使經過那麼多遍的演練，卻沒有哪一次唱得像現在這樣，讓他幾乎流下淚來。

臺下安靜得可怕，嚴歡有些惴惴不安。他抬起頭，想向身邊的付聲尋找一絲慰藉，卻看見那一直倔強孤傲的吉他手，對著臺下孤零零地站著。

他沉默不語，眼裡卻燃燒著火光，緊扣著吉他弦的手指近乎泛白。

然後，嚴歡看到他轉過身來，直直看向自己。

那眼神，讓他忍不住顫抖了一下。嚴歡覺得自己好似被一隻野獸盯上，要將他啃噬殆盡！

付聲的表情有些詭異莫測，他看著嚴歡，卻又彷彿在看另一個嶄新的人物，眼裡有著前所未有的狂熱。那是嚴歡從未見過的付聲，讓他有些害怕的付聲。

而付聲卻渾然不覺，他似乎還沉浸於剛才吉他獨奏的激昂情緒中，有些不可自拔。他張了張嘴，想對嚴歡說些什麼。

這時——

「啊啊啊啊啊啊啊啊啊啊啊啊啊啊啊！」

鋪天蓋地的狂嘯席捲而來，頃刻將他們吞沒。

人們瘋狂地吶喊著，眼淚和口水飛濺，語無倫次地狂喊著，似乎沒有什麼比直接來自胸腔的喊聲，更能直接表達他們現在的情緒。

喊聲一陣勝過一陣，一聲響過一聲，直到最後，近乎狂暴！

本來打算說些什麼的付聲突然安靜下來，他轉頭，看著臺下那些突然瘋狂起來的觀眾，看著他們通紅的臉龐與眼睛，驟然，露出一個笑容。

那是一個帶著傲慢與些許滿意的笑容，如同高高在上的君王俯視著他的臣民。

「一切才剛剛開始。」

嚴歡懷疑自己幻聽了，再扭頭過去，付聲卻沒有說一個字。

就在這一片瘋狂之中，悼亡者退下舞臺，帶著連他們都意想不到的一個新的開始。

「付聲！」

而嚴歡卻來不及收穫喜悅，一下臺，他就被付聲緊緊拽住手臂，向遠處拉去。

「你幹嘛？要帶我去哪？」

一個接一個問題，付聲一直沉默不答，這讓嚴歡心裡更加不安。

他覺得付聲似乎有些不對勁。

「你到底——」

話音未落，嚴歡被一道大力猛地推到牆上，還未反應過來，一個炙熱又冰冷、柔軟又溼潤的物體，便緊緊貼上了他的唇。

一切都在這千分之一秒內發生，嚴歡的大腦瞬間短路，而那陌生的相交觸感綿延持續。

不知過了多久，當他漸漸能夠恢復思考時，看見付聲雙手撐在自己兩側，那冷峻的臉就貼在他耳邊，輕輕呢喃了一句：

「你簡直就是毒藥。」

究竟，誰是誰的毒藥？

04
#Pray it out
聲名鵲起

情愛究竟是什麼滋味？

對於才剛滿十八歲的嚴歡來說，喜歡與愛，無非就是電視劇裡女主角的眼淚、小說裡一段風花雪月的故事、童話裡一個美好卻不真實的結局。但是他從沒有想到，有一天這份感情會落到自己身上，而且對象還是一個男人。

付聲喜歡他？

付聲真的喜歡他？

那個板起臉來跟棺材一樣的吉他手，那個從不留情面的冷酷傢伙，他竟然會喜歡自己？不不不，他竟然也會有喜歡這種感情。

嚴歡皺眉苦思，這可怎麼辦才好？要是付聲跟他表白的話，他該找什麼理由拒絕？

為什麼要拒絕？當然要拒絕了！雖然之前沒有細想過，但是嚴歡對於未來伴侶的想像，可一直都是專情專一，像付聲那樣第一次見面時，就被他看見在廁所裡和女人〇〇××，這樣的傢伙怎麼可能成為自己的伴侶！絕對不行，這個沒貞操觀念的傢伙！

哎，不對。嚴歡覺得自己似乎忽略了什麼，在考慮付聲的貞操之前，是不是還有很重要的一點被他忽略了？是什麼呢，為什麼一時想不起來？

「啊啊，付聲那傢伙可真是出風頭，這都是第幾波來找他的女人了？」向寬坐在民宿的窗口，看著門外嘖嘖感嘆，「真是豔福不淺！」

嚴歡猛地驚醒，也隨之看向門外，那裡，付聲正被幾個女人纏著。

女人……對啊，在考慮接受不接受這個問題之前，他根本就忽略了他和付聲兩人都是男性這件事！他以後要是帶個男朋友回去，肯定會被老爸拿著掃把趕出來！

看著付聲站在外面和那幾個女孩「調情」，嚴歡心裡又不是滋味起來。

這個花心的傢伙，他根本不是喜歡自己吧，隨便來個女人都可以勾搭上他。既然不喜歡自己，那天晚上幹嘛又……

想到前幾天晚上的那一幕，嚴歡的臉瞬間通紅。那種溫軟纏綿的觸感似乎還停留在他唇上，讓他忍不住伸出手輕輕觸碰自己的唇瓣。那時候的付聲，究竟是怎麼吻、吻……吻……

「嚴歡，你怎麼臉那麼紅？感冒了？」向寬轉過頭來，發現嚴歡的異狀，好奇道。

「我才不是……」嚴歡連忙為自己辯護。

「感冒？」

這時候，付聲卻推開門走了進來，聽見兩人的談話，看向嚴歡。

「咳咳！」嚴歡一下子被嚇到了，拚命咳嗽起來。

「你看，果然是感冒了吧。」向寬關心道，「我看你心不在焉的，剛才還一直盯著門外發呆，不就是精力不佳嗎？不如多休息一下？」

「精力不佳？」

付聲此時已經走到嚴歡身邊，他從嚴歡坐著的方向朝外看去，正是自己剛才擺脫那幾個女人糾纏的地方。隨後，他看向嚴歡，若有所思。

「看來的確是精神不好？要我帶你去休息嗎？」

嚴歡哪會錯過付聲嘴角那抹不明的笑意，連忙搖頭，「不用了，不用，我自己坐一下就好。」

「是嗎？那我也坐一下。」

說著，付聲就搬來一張椅子，緊靠在嚴歡旁邊坐下。這害嚴歡更緊張了，只能努力逼迫自己忽視付聲，和一旁的向寬搭起話來。可沒說幾句，向寬這個不解風情的人，又把話題扯到付聲身上了。

「怎麼？這幾天這麼多美女來找你搭訕，有看上的嗎？」向寬伸手拍拍付聲肩膀，不懷好意道，「這陣子你也憋了很久了吧，不找個看順眼的發展一下？」

「向、向寬！」嚴歡面紅耳赤地呵斥他。

「哦，哈哈，我忘了，這裡還有個沒開竅的傢伙在。不過嚴歡，你也成年了，這點事情也沒什麼不能講的吧。」

付聲眼中染上一絲笑意，看了看惱羞成怒的嚴歡，回向寬道：「我把那些女人都打發掉了，順便讓她們回去告訴其他人也別再來。」

「不是吧，有你這塊鮮肉在這，那些女色狼會這麼聽話？」

「我對她們說，我已經心有所屬。」

「噗——！」

正在喝茶的嚴歡岔了一口氣，茶水帶著茶末飛濺出來。向寬厭惡地躲開他的口水攻擊，抱怨道：「喂喂，注意衛生啊，嚴歡。」

嚴歡沒空理他，他只覺得現在投在自己身上的那道視線十分灼熱，快把他點燃了。偏偏向寬這個粗神經的，到現在都還沒注意到他們之間的詭異氣氛。

那邊，向寬又開始盤問起付聲。

「不過你說有心上人，頂多敷衍她們幾天吧。」

「不是敷衍，是真的。」

「哦……嗯，嗯？什麼！」語調一下子高了八度，連向寬此時也是一副不可置信的模樣，「你在跟我開玩笑?!」

「我為什麼要跟你開玩笑。」

「那今天是愚人節？」

「對你來說，每天都是愚人節。」

向寬顧不上付聲這句嘲諷的話，目瞪口呆道：「這麼說，你是認真的了？那個幸運兒是誰？你們什麼時候在一起的？好傢伙，瞞得這麼緊！話說，你什麼時候要把人帶來給我們看看。」

「這個嘛，」付聲若有似無地看了嚴歡一眼，「等以後有機會再說吧，我怕把他嚇跑。」

「這麼膽小？」

「呵，他一向就是個沒用的傢伙。」

你才沒用！你全家都沒用！

嚴歡心裡緊張得要命，還不忘腹誹反擊付聲。他頗有幾分悲憤幽怨，悲憤付聲總是輕而易舉地戲耍他，幽怨向寬這個沒腦筋的，哪壺不開提哪壺。

不對不對，這一定是付聲在惡整自己，他一定是準備戲弄自己，才故意說這些擾亂心神的話。嚴歡在心底拚命安慰自己，可沒幾下，就被 John 嘲諷了。

「你還真是如他所說，是膽小沒用的性格。」

「John！幹嘛連你都這麼說我！」嚴歡十分委屈。

John冷哼，「那要問你自己，付聲對你的與眾不同，表現得難道還不夠明顯嗎？」

「哪裡明顯了？」嚴歡反駁著，但有些莫名的心虛。

「我問你，尋常人會帶一個累贅的小鬼住家裡，還各方面都為他考慮嗎？不僅悉心教導你技藝，還幫你調和了家裡的衝突。在這一路上，他也是處處照顧你，小到吃穿住行，大到與人相處，哪一方面付聲沒有為你考慮？」

「這、這不是因為我年紀比他小，又和他同樂團……」

「同樂團？年紀小？付聲自己也是十七八歲就出來混了，那時候誰照顧他？你與他非親非故，僅僅是同一支樂團的成員，他完全可以在練習時間之外對你不聞不問——就像他對之前夜鷹那些人那樣。」

「……」

「而且你也算了解付聲的性格，他對外人從來不假辭色，也不會隨便和人親密接觸。那天晚上他那樣對你，即使後來被人打擾而沒有真正挑明目的，可他那樣做的原因，你還不明白？」

「可、可我第一次見到他的時候，他就是在和一個隨便的女人……」

John嘆氣，「說到底，你心底還是介意。那我問你，你當時瞭解付聲嗎？你只知道他和一個女人有那種關係，可你知道他們那時候是不是情侶嗎？再說，他是個二十幾歲的男人，找一個伴侶解決生理需求是很正常的。你會這麼介意這件事——」

John故意拖長語音，「代表在你心裡，你一直不喜歡付聲和別人這麼親密接觸。」

嚴歡彷彿一下子被戳中逆鱗，大聲駁斥道：「我哪有！！」

「你有什麼？」

付聲側頭看他，漆黑的雙眸裡盡是深意。

嚴歡瞬間啞然，原來他剛剛一個激動，把心裡的話大聲說出來了。這下超級尷尬，只聽見John在腦內偷笑，嚴歡滿心憤懣，不知該怎麼回答付聲這個問題。

叮鈴鈴——

門鈴聲響起，有人走了進來，正好打破三人間詭異的氛圍。

「總算找到你們了！」

來者正是雷新，他看見這三人，興奮道：「我這裡有一個天大的好消息，你們要不要聽？」

「什麼好消息？」嚴歡猶如找到救星，連忙甩下付聲，走到雷新身邊詢問。

付聲皺了皺眉，再看向雷新的時候就有那麼幾分不悅。

可是雷大記者卻沒有注意到這些，呵呵笑著說：「前幾天的天雨音樂節，後來電視臺轉播了，你們知道嗎？不僅上了電視，還是黃金時段，而且你們表演的那一段沒有被剪掉，還重點播出，連後來的主持人都對你們多有介紹。這下子你們可是真的紅了！知道嗎？全國人有多少人看那一臺，就有多少人記住了你們的名字！」

雷新一口氣說完，見這幾人還沒有反應，以為他們不信自己，便掏出手機。

「自己看，這幾天網路上關於你們的消息也突然暴增，我相信很快就會有經紀公司聯繫你們了！」

嚴歡拿起他的手機，果然見到各大娛樂網站都有提到他們的樂團，不僅如此，在社群軟體上，悼亡者還擠上了前二十的熱門話題。這怎麼可能？

而且，甚至還有知名音樂人評論悼亡者樂團在音樂節上的演出，稱讚連連。網路上更出現各種版本的《黑夜裡》的影音下載，就連他們之前的歌曲都被人翻了出來。關於悼亡者樂團的論壇也在一夜間出現，甚至一開始就有近千會員。

悼亡者這個名字，不再如往日那般默默無聞。

一夕之間，天翻地覆，嚴歡被突然的出名弄得有些反應不過來。心裡說不是上是激動還是茫然，他茫然了好一陣子。

「這、這就出名了？」

這麼簡單，這麼快，甚至沒有讓他做好心理準備。

「是啊，這就出名了。」雷新感嘆道，「這下你們悼亡者，就快變得人盡皆知了。」

向寬也隱隱有些興奮，只有付聲一直沉默不語，看起來不怎麼高興。也是，夜鷹之前也是小有名氣的樂團，付聲本人也多受關注，對於出名這種事，他不像嚴歡和向寬那樣激動。

付聲抬頭四處看了看，突然問：「陽光呢？」

從下午開始，就一直沒看到貝斯手的人影。

秋天的天氣，一下子從夏末的尾巴降下溫度，風帶著枯黃的落葉打著圓圈，吹得街上的行人縮了縮脖子，將臉埋進衣領裡。

「呼——」

陽光搓了搓手，感覺有些冷。出門的時候他只穿了一件短袖，哪想到還沒有一個小時，溫度就降得這麼多。用冰冷的指尖互相搓揉，也只能帶來些許的溫度。

快點回去吧，他想著。出來也有一段時間了，未免讓樂團的人擔心，早點回去比較好。

「嗯？」

正準備埋頭趕路，陽光卻看到街角的一個牌子。那是一家影音店，門半開半掩著，只從裡面透出一點光線。不知為何，陽光下意識地就想走進去看看——他也確實這麼做了。

這是一家小小的影音店，店面沒有多大，布置得卻很用心。幾排架子上整齊地堆放著各種唱片，擺在前面的幾張，還細心地標註著本店熱銷排名。也有幾張唱片看起來有些老舊，卻被店主仔細地放在另一邊的架子上。

「這是……」陽光本來只是隨意地一眼掃過去，卻突然僵住，動也不動。他像是石化一樣，僵立在那一排架子前。

正在整理東西的老闆注意到他的異樣，走過來問：「怎麼，這裡有你喜歡的CD嗎？」

他越過陽光，小心翼翼地撫過幾張CD的外殼，珍視道：「算客人你有眼光，這裡的幾張可都是我珍藏的CD，你看上哪一個了？嗯，這個啊。」

順著陽光僵硬住的視線，老闆從架子上抽出一張CD，陽光的目光也隨著他的動作而移動，緊盯著那CD不放。

「這是好幾年前的一張了。」老闆摸了摸積了些灰塵的外殼，有些感嘆道，「也算是最後幾張啦，你很喜歡他們的歌嗎？」

「……很，喜歡。」

「是嗎？我還以為現在都已經沒什麼人記得這支樂團了，想當年他們也算是紅極一時啊，可惜。」

擦去灰塵，CD漂亮的封面顯露在兩人的視線中。那是一張紅色背景的CD，封面上的幾個年輕人帶著燦爛的笑容互相摟在一起。即使過去了這麼久的時間，也能從封面上看出他們的興奮和喜悅，只是那笑容隨著時間的流逝，變得久遠而模糊，似乎再也觸摸不到。

「這是一支好樂團。」

老闆評價，順便將CD擦乾淨，要遞給陽光。

陽光的手抖了抖，卻沒有伸出去接。

「你不要嗎？」

看著那CD上笑容燦爛的幾個人，陽光卻彷彿被燙傷了一樣，不敢去觸碰。一時之間，氣氛僵在那裡，沒有誰先說話。

「**去尋找曾經丟失的……夢想**。」

突然隱隱約約地傳來一句熟悉的歌詞，將沉浸在回憶中的陽光驚醒，他循聲望去，只見店裡的老舊電視機上正播著一場演出。而演出舞臺上的那幾張面容，毫無疑問是他熟悉的。

螢幕上，還帶著稚氣的少年一遍遍聲嘶力竭地吶喊著。

「**去尋找曾經丟失的光亮，遠方，和夢想！**

信仰，黑夜裡，唯一可見的光芒……」

聽著嚴歡的聲音從電視機裡面傳來，陽光覺得自己彷彿在做夢一般。他眨了眨眼，然後聽到老闆在身邊說：「這支新樂團不錯，他們的主唱雖然年輕但是有潛力，還有那幾個樂手也都很有料。」

電視上，嚴歡全情投入的面容還在被特寫放映著，陽光笑了笑，原來從場下看他演唱，是這種感覺。

十分的有感染力，十分的……讓人動容。

「這支樂團叫什麼來著？」老闆咕噥。

「悼亡者。」

「啊？」老闆愣神間，陽光從他手中接過那張紅色CD，對著他笑了笑，「我……他們的團名，悼亡者樂團。」

直到陽光付錢離開之後，影音店老闆還有些疑惑。

「奇怪，我怎麼覺得剛才那個年輕人有點眼熟……」他抓了抓腦袋，片刻後，突然想了起來。

「啊！是他！」

然而再追出去的時候，路上已經不見人影，老闆有些遺憾地退了回來，喃喃自語。

「真可惜，這麼多年沒見到他出來，還準備跟他說聲加油呐。嘿，反正還在好好努力著就行了！」

拎著新買的CD，陽光心裡說不出是鬆了一口氣，還是什麼別的感覺。不過，這一次他沒有選擇退縮，而是選擇了面對。握緊了手中的CD，陽光下定決心。

「不會再逃避了。」

是時候走出過去的陰影了，還有新的伙伴在等待著他，不是嗎？而且他們，應該也希望自己能夠繼續走下去吧。

——代替已經不能前進的人，繼續走向下一站。

CD光滑的封面反射著陽光，似乎也是在回應他。

沒走多久，就看到前面樂團暫住的民宿，陽光走到門口正準備推門，手機卻突然響了起來。握著門把，他空出一隻手來接電話。

「喂。」

「好久不見。」

在聽清對面聲音的那一剎那，陽光的瞳孔忽地緊縮，握住門把的手指用力到泛白。

秋風掃過，將電話裡的人音吹得遠遠散開。

「看來你最近過得很不錯嘛，陽光。」

溫度驟降，一瞬間帶來的寒冷似乎要將陽光的血脈凍結，讓他再也無法呼吸。

「陽光呢？」

隨著付聲問出這句話，嚴歡和向寬面面相覷。

「他中午說要出去買東西，現在也該回來了啊。」看著窗外的天色，嚴歡有些擔心地道，「不然我出去看看？」

「沒事，他都多大人了，你以為他還會迷路？一定是又在半路放空。」向寬反而沒有很擔心。

「不行，我還是不放心。」嚴歡站起身，走向門口，「我要出去找一找，萬一……啊！」

「怎麼了？」付聲站起身，連忙問他。

「沒、沒，我好像踩到一個東西了。」

嚴歡蹲下身，將腳底不小心碰到的東西撿起來。

「哎？竟然是一張CD？」等他看清封面，又是一聲驚呼，「竟然是飛樣的CD！」

付聲走到他身邊，從嚴歡手中接過這張CD。

紅色的封面顯得格外亮眼，然而更加耀眼的卻是上頭幾個人大大的笑容。

飛樣樂團首張專輯！

一行黑色的小字在CD封面右下角劃過，還貼著初次販售時間——是三年前。

這是飛樣樂團的第一張、也是最後一張樂團專輯。

CD的塑膠殼破了一條長長的裂口，將整張封面一分為二，而封面上面帶笑容的幾人，也因此顯得有些扭曲。

「不會是被我踩壞的吧？」嚴歡緊張起來。

「不是。」

手指輕輕劃過狹長的裂口，付聲突然抬起頭，望著小路空寂無人的盡頭，緩緩道：「陽光回來過。」

隨著他這句話，嚴歡被秋風吹得打了個寒顫。而本來該出現在這裡的那個人，卻不知去了哪裡。

他不見了。

「呼，呼——」

烈烈寒風從喉頭鑽進氣管，灼燒著喉嚨，讓人很難過。雙腳賣力奔跑，就怕一耽誤時間就錯過了機會。嚴歡此刻氣喘吁吁，汗溼了後背，但他一點都不敢停頓，在麗江的大街小道間穿尋，只為尋找那一抹熟悉的影子。

陽光！陽光，你這傢伙跑哪去了！

穿過一座座木質的門廊，跨越一道道青石小巷，走過許多陌生人的背後，卻始終沒有發現他尋找的那個人。

時間已經到了傍晚，再過不久，天黑下來就更加難以尋覓。嚴歡本來想報警找人，卻被付聲阻止了。

「如果去報警，更不可能找到他。」

沒有明白付聲這句話裡的深意，只是出於對付聲的信賴，嚴歡最終還是沒有去找警察，而是幾人分散開去找人。聽付聲的意思，陽光是自己離開的。

他為什麼要離開，他是去了哪裡，究竟發生了什麼事？心裡有一團火在燃燒，但是和演奏搖滾時的那團火不一樣，現在的火焰灼人，帶著焦急的疼痛！

「陽光這傢伙，沒什麼事搞什麼失蹤！」

久尋不到人影，嚴歡欲哭無淚。

「他可不是失蹤。」John突然插嘴，「錢和行李都放在住處，他出門的時候什麼都沒帶，怎麼可能失蹤。」

「那他怎麼不見了？」

「應該是不想讓你們找到他。」John沉默了片刻，「也許是不想面對你們。不過如果真是這樣，我能猜到他現在在哪裡。」

「在哪?!」

「一定是回住處了，他想趁你們出來找他的時候拿走行李，然後再徹底消失。」

聽John這麼分析，嚴歡先是一愣，然後便是怒上心頭。

「這個傢伙，陽光這個滾蛋——！」他猛地邁開腳步奔跑起來，朝向來處，邊跑邊喊，「這次要是不把他揍一頓，我就不叫嚴歡！」

砰——！

一路狂奔回暫居地，用力推開大門，嚴歡怒瞪著雙眼四處查看，果不其然，此時屋內一個人都沒有。不過看了看入口處的桌子，嚴歡判定陽光肯定回來過了——因為放在桌上的飛樣專輯不見了！

「咚咚咚」飛快地跑上二樓，打開陽光的房門，只見裡頭整理得乾淨整齊，一副收拾好了包裹走人的樣子。

「不會吧，來晚了……」嚴歡一下子洩氣坐倒在地，「被他溜走了，那個混蛋。」

他有些難過地靠在陽光的房門口，背貼著牆壁，失去伙伴的衝擊讓他十分失落，又十分傷心，更有幾分憤怒在裡面。一時之間，除了安靜地坐著發呆，他什麼都想不到。

然而在這時，他卻聽到了什麼聲音若隱若現地從遠處傳來。

「什麼聲音？」嚴歡站起身來，仔細聆聽。

那聲音是從一樓傳來，清澈婉轉，扣人心弦。像溪水潺潺流過，又似微風穿過樹梢。

是鋼琴聲，一樓有一間琴房，是有人在裡面彈琴嗎？

心裡升起一股希望，嚴歡連忙下樓，在走到琴房門前時，他小心翼翼地不發出聲音，就怕嚇走了裡面的人。手握在門把手上，嚴歡深吸一口氣，然後輕輕用力，推開了房門。

「吱呀」一聲，屋門打開，屋內的一切盡現於眼前。

一個熟悉的人正背對著嚴歡坐在鋼琴前，他的手輕輕觸摸著琴鍵，溫柔得好似在愛撫戀人的長髮。聽到身後的動靜，沉浸在自己思緒中的人回過神，回身一看，輕笑。

「原來是你。」

嚴歡沉下心，慢慢走近他。在接近的過程中，他仔細地打量著坐在鋼琴前的那個人，眉眼、穿著，都和中午他出去的時候一模一樣，沒有任何的變化。但不知為何嚴歡心裡知道，有什麼變了。

有什麼改變了，陽光和以前不一樣了。他雖然在笑，但那笑容卻讓人感到悲哀，令人想要捂住他的眼睛，讓他不要再露出這樣的神情。

「沒想到竟然是你第一個找到我，我還以為會是付聲。」陽光道，「你有時候總是讓人意外，嚴歡。」

「怎麼，你不是想不告而別嗎？竟然還在這裡等我們。」話一說出來，嚴歡就知道自己的口氣很沖，有些後悔。

陽光卻毫不在意，他看著嚴歡，就像是在看著一個親愛的弟弟，一個可以隨意發脾氣的小孩。

「我是要走，但是我也要跟你們告別。」陽光說，「我不會不告而別，放心吧。」

「我……」嚴歡被他用那樣的態度對待，心裡又有幾分懊惱，在這種時候，他最討厭別人把他當成小孩。他瞪著陽光，眼睛瞪得大大的，心裡有無數的話想要說，但是又不知道怎麼開口。

最終，只能擠出這幾個字。

「你為什麼要走，不能別走嗎？」

這一句話，聽起來更像是一個小孩在撒嬌，帶著幾分委屈和傷心。

陽光沒有直接回答，靜靜地看了嚴歡片刻，突然笑道：「嚴歡，你知道我最開始的時候，為什麼會答應加入樂團？」

為什麼要問這個？嚴歡疑惑道：「是因為你打賭輸了，我完成了你開的條件。」

陽光搖搖頭，「那只是原因之一，真正讓我下定決心的——是你。」

我？嚴歡詫異。

「你才十幾歲，剛剛踏入搖滾這個世界，對它的一切都好奇，對它的一切都喜歡，但是知道得卻那麼少。你熱愛搖滾，總是不顧一切，彷彿沒有人能阻止你去愛它。你又衝動，想到就要去做，一分鐘都等不了。」陽光說著說著，目光飄遠，那讓嚴歡感覺到，他似乎不僅僅是在說自己，而更像是在回憶著什麼。

「你是樂團裡年紀最小的，但又是最有天賦的，包括我在內，大家其實都對你期待很高。

「所有人都照顧你，讓你眼中除了搖滾，再也不要參雜其他事情。

「你的世界很乾淨，因為我們讓它變得乾淨。

「你熱愛搖滾，就像搖滾也熱愛你。」

陽光的目光收回，看著嚴歡，「現在的你，有最好的伙伴，最好的老師，最好的舞臺。一切可以拚搏的東西都擺在你的眼前，機會也在你眼前，你實在不應該放棄，嚴歡。」

「可是……可是我不懂，這和你要離開有什麼關係嗎？」嚴歡不解道，「我的舞臺不也是你的舞臺嗎？和大家一起繼續走下去，不好嗎?!」

陽光的眼神微微黯淡下來，「如果可以的話，我也想。」

「只要你想，就可以——」

「噓。」陽光搖了搖手指，「我們不要再討論這個話題，你勸服不了我的，嚴歡。」

「……」

「離開之前，趁這個機會，你聽我彈一首曲子吧。」陽光收回視線，將手重新放回琴鍵上，「一首就好。」

不給嚴歡辯駁的機會，陽光的手按上琴鍵，下一瞬，第一道音符飄了出來。

嚴歡之前從來沒有聽過陽光彈奏，他甚至不知道陽光還會鋼琴。然而這一刻，看著那道沉浸在演奏中的背影，嚴歡呆住了。

一下，一下，厚重的音符一個個飄蕩出來。猶如古鐘敲打在心弦上。

一道階梯，一道階梯，從長長的山道拾階而上。

音樂變得輕快，如山間潺潺流水，鳴鳥啾喳。

陽光的身體隨著彈奏而起伏晃動，如同漂浮在水面的一片落葉。隨著鋼琴的一道道音符響起，一個個尾音落下。一連串帶著情感的曲調飛跑而過，就像是無法追回的過往。

一不留神，音樂隨同往昔一起消失在記憶的塵埃裡，再也追不回來。

手指在琴鍵上飛舞，似一個頑皮的孩童跳著舞，身軀隨著彈奏擺動，如隨風飄蕩的枝條，一下一下，騷動人心。

心裡好像有什麼化開，一股暖流潛入靈魂深處，而在湖面之上，一道道波紋在心湖上蕩漾，帶起更多的波瀾，久久不能平靜。

嚴歡愣愣地聽著，不知為什麼，這首明顯是輕快曲調的卡農變奏曲，卻讓他心中升起一股股的難過，像是丟失了什麼重要的東西，再也找不回來。

沉浸在這種不明的悲傷中，他連陽光是什麼時候結束了彈奏都不知道。

「你……怎麼哭了？」

直到陽光略帶驚訝的聲音響起，嚴歡才注意到臉上潮溼的痕跡。

「沒有！我才沒哭！」他逞強地擦去眼淚，淚水卻越積攢越多，怎麼也止不住。

難過、羞愧的感覺一起湧上，嚴歡索性捂住自己的臉。

「我沒有哭啦，你別看我！」

一抹無法抑制的悲傷像是掐斷了他的淚腺，讓他停不下淚水。

那不是他的悲傷，而是陽光的悲傷，賦在琴聲中的悲傷。

看著嚴歡，陽光驚訝片刻，輕輕一笑。

「你啊，真是……」

他想說些什麼，但又什麼都沒有說，餘音消逝在晚霞中，不留痕跡。陽光回身拿起行李，準備離開。

嚴歡聽到他開門的聲音，忙道：「真的要走嗎?不能不走嗎?!」

「抱歉。」陽光頓了頓，「我必須走，很抱歉不能在這條路上一直陪著你，保重，嚴歡。」

眼看著門就要關上，嚴歡控制不住地大喊一聲。

「陽光！」

帶著委屈不甘，傷心難過，還有一絲絲的期盼，十八歲的少年所有的情緒都藏在這一聲呼喊中。

然而陽光這次沒有停下，他關上了門。

真的走了。

那一瞬間，全身的力氣彷彿都被抽走，嚴歡無力地坐在地上，呆呆地看著地板，什麼都不去想，什麼也不想去想。空氣中，似乎還回蕩著剛才陽光演奏的那曲卡農，然而那個彈奏的人，卻已經不在了。

付聲他們回來的時候，找了好一段時間，才在琴房找到嚴歡。一推開門，付聲就看到蹲在牆角的少年。

「他走了。」感覺到有人向自己走來，嚴歡頭埋在雙臂裡，悶悶地道，「陽光走了，我想阻止他，但是不知道該怎麼做。

「我找不到理由留下他。我明明知道他心裡也很難過，我卻不知道他為什麼難過，不知道他為什麼要走，我留不下他。

「他要我好好練習，要我千萬不要放棄搖滾。可是他人都走了，還跟我說這些有什麼用，他為什麼就不能留下來？」

聽著嚴歡有些語無倫次的話語，付聲靜默，輕輕地俯下身，蹲在嚴歡身旁，將他的頭輕靠到自己胸前。

「我很難過。」

「嗯。」

「我也很傷心。」

「我知道。」

「我更生氣！我氣自己找不到陽光離開的原因，我氣竟然就讓他在面前走了，我氣竟然連他為什麼難過、為什麼要走的理由都找不到！我為什麼這麼沒用！」

直到陽光下定決心要離開的那一刻，嚴歡才明白，他根本一點都不瞭解自家貝斯手。不知道他心裡的傷口，不明白他心中的包袱，所以，更加找不到挽留的理由。

因為陽光，早就做好自己面對一切的準備。

「我這麼沒用！連一點辦法都想不到！我幫不到他、幫不到他。」語調帶著哭腔，嚴歡深埋在付聲懷裡輕輕顫抖。

聽著他憤怒的控訴，付聲只是一遍又一遍地輕拍著嚴歡的肩膀。

他的視線越過懷中少年的肩頭，看到陽光放在鋼琴架上的那張紅色CD。

良久，他的聲音才在屋內響起。

「你可以慢慢長大，從現在開始。」

從現在開始，在搖滾帶來的喜與悲之外，這個世界將給予你更多的東西——苦難，悲傷，淚水，離別，不得已，不得不，別無選擇。

你要學會成長，學會接受分離。

從今天起，不能再做一個只需要受人寵愛的孩子了，嚴歡。

——悼亡者成立的第兩百六十九天，樂團失去了他們的貝斯手。

那一天，嚴歡在付聲的懷裡哭了很久，最後是怎麼回到房間的連他自己也不記得。第二天早上醒來，想起昨天竟然哭暈過去的糗事，嚴歡就恨不得挖個地洞鑽進去。

「天哪，天哪，太丟臉了，這麼大的人竟然還哭成那樣。」嚴歡以頭撞牆，「我不想活了，不想活了！這下要被笑死了。」

「為什麼要笑？」

「啊？」

「為什要笑你？」John淡淡道，「傷心的時候大聲哭，快樂的時候大聲笑，這本來就是人之常情。偏偏要壓抑自己，這樣活得還像個人嗎？」

「可是男子漢大丈夫……」

「男兒有淚不輕彈，只因未到傷心處。」

「……John，我發現你現在中文學得越來越好了。」半晌，嚴歡訕訕道，「我講不贏你。」

「我實在搞不懂你們東方人，明明心裡不開心不快樂，還要壓抑自己，硬生生要憋出病來。你捨不得陽光離開，因此傷心難過，這有什麼不對嗎？有什麼好害羞的？」

嚴歡辯解：「我不是害羞，不，你不懂。男孩子長大了，就不能隨隨便便地哭，不然還怎麼去做別人的依靠？」

「你要做誰的依靠？」

嚴歡站起身來，看著鏡子裡自己紅腫的雙眼，苦笑一聲。

「我總不能一輩子都在他們的庇護下吧，我總是要長大的，也總是要……一個人的。」

鏡中的少年頭髮凌亂，面色蒼白，偏偏一雙眼睛紅得像兔子眼睛。嚴歡自己看著也好笑，不由得笑出聲來。然而這一笑，已然沒有了往日的沒心沒肺，帶著些沉重與負擔，竟然讓他一下子看起來成熟了不少。

嘆一口氣，看著自己一夜間蛻變不少的面容，嚴歡道：「真是歲月催人老，昨天還是陌上少年郎，今天就往事成風了。」

「說什麼亂七八糟的呢？」

「John，你不懂，我是在緬懷自己那逝去的天真。」

「……」

「以前總是想快點長大，快點成熟起來，好讓周圍的人對我刮目相看。而現在我才發現，長大原來不是那麼好玩的事情。」嚴歡手輕輕撫上鏡子，觸摸著鏡中的容顏，「如果可以，我真希望自己一直是個什麼都不懂的小孩。

「不懂煩惱，不懂憂愁，整天和向寬嘻嘻哈哈，和付聲冷戰，和……陽光聊天打屁。當個被人寵著的小孩，原來是那麼幸福的事情。」嚴歡輕笑一聲，「算啦，我也該知足了，被人保護了這麼久，也該出來見識見識外面的風風雨雨。

「走吧，John，跟我出去一趟。」

「去哪？」

嚴歡已經推門，一隻腳邁了出去。

「去查一點東西，有些事情我放心不下、下——嚇，付聲！你怎麼在這？」

一打開房門，就見付聲像個門神一樣站在門口，讓嚴歡狠狠嚇了一跳。

「來叫你吃早餐。」付聲瞥了他一眼，向樓下走去。嚴歡剛剛鬆了口氣，付聲的聲音又從樓梯口飄來。

「順便來看著你，別讓你做出什麼傻事。等一下跟著我，哪裡都不准去。」

怎麼能這樣！

嚴歡苦著一張臉，心裡的小算盤還沒打兩下，就被付聲看破了，太失敗了。

吃完早飯，付聲看著剩下的兩個人，又看了看空缺了一人的座位，發話了。

「關於陽光的事情……」

嚴歡屏住呼吸，聽著他講。

「——我也沒有什麼眉目。」

「啪」的一聲，嚴歡下巴摔在桌子上，「不是吧，你不知道內情，還這麼裝模作樣的？」

付聲輕輕瞪了他一眼，嚴歡就不敢放肆了。

「雖然不知道到底是什麼原因，不過線索還是有的。向寬，把你的電腦搬過來。」

「是！」向寬立刻聽令，從房間拿來了他的筆記型電腦。

「查，三年前飛樣樂團最後一次公開演出是在哪？」付聲命令向寬搜索關鍵字，嚴歡一臉好奇。

「陽光的離開真的和飛樣有關？」

付聲點了點頭，「一個人的心不大，總共能裝得下的也就那麼一點東西。能讓他放下我們離開，除了飛樣，我想不到別的原因了。」

「可是為什麼要查飛樣最後一次的演出地呢？」

「第六感。」

「呃……」

好吧，嚴歡真是服了他了。

「查出來了嗎？」

「查出來了，是──竟然是麗江?!」向寬驚呼，他這麼一喊，付聲和嚴歡也驚訝地看過來。

「飛樣樂團鬥毆出事之前，最後一次公演就是在麗江，這件事陽光完全沒有和我們提過。」嚴歡只覺得滿嘴的苦澀，在他歡天喜地期待著音樂節的時候，可知道重返舊地的陽光心裡是什麼滋味呢？

沒人問，陽光也沒說，這個祕密就一直被他悶在肚子裡。

「他心裡一定很不好過。」

和嚴歡他們重返麗江，對於陽光來說，這裡承載著太多的回憶，不可追憶。但是貝斯手竟然一點異樣情緒都沒有洩漏出來，連付聲都沒有發現他的不對勁。

「難道是因為想起了舊事，所以心裡難過才想離開？」嚴歡猜測。

「不可能。」付聲否決，「他不是這麼沒用的傢伙。」

「那是為什麼？」

付聲沉默了半晌，搖了搖頭。

「我知道陽光為什麼要離開。」

驟然，一個聲音從門口傳來，三人同時轉頭看去。

嚴歡驚呼：「藍翔！」

藍翔似笑非笑地看著他，嚴歡這才發現自己口誤，連忙道：「藍翔大哥，你怎麼來了？」

「聽到你們貝斯手走人的消息，我就第一時間過來了。本來還以為是謠傳，現在看來是真的。」看了看嚴歡還未消腫的眼睛，藍翔嘆息，「他真的走了？」

「你知道些什麼？」付聲緊緊望著他，嗅出一絲可疑。

「說多也不多，少也不少。三年前，飛樣最後一次公演是在麗江，你們知道吧？」

嚴歡連連點頭。

藍翔又道：「那麼，最後邀請他們公演的人是我，這你們也知道？」

嚴歡瞪大眼，「是你？」

「是我，在他們出事之前，我是最後一個和他們有聯繫的人。而出事的大概原因，我也稍微瞭解一些。」藍翔頓了頓，猶豫道，「我不知道該不該告訴你們。」

付聲毫不客氣道：「不說的話你就不會進來了，別浪費時間。」

藍翔苦笑，「你還真是一點都不客氣。好吧，那我就直說了。」

「三年前飛樣樂團因聚眾鬥毆，最後釀成慘劇，四死一傷，只有陽光一個人活下來。這些大家都知道，但是你們不知道的是，和他們打架的對方那伙人，也有一個人死了。」

藍翔似乎是回憶起不堪回首的往事，搖搖頭道：「本來只是一群年輕人血氣方剛加上衝動，誰也沒想到最後會鬧成那樣。到後來攔都攔不住，就釀成大禍。

「而陽光後來之所以會退出搖滾界，以及這次之所以會離開你們，也和當時對方死的那個人有關。」
嚴歡吞了口唾沫，總覺得自己好像聽到了什麼了不得的事情。
「死、死的那個人，是誰？」
「劉陽。」
付聲皺眉，「沒聽過。」
「你當然沒聽過，這人在搖滾圈裡也就是一微不足道的人物。本來死就死了，飛樣四個人的命換他一條命，他也不虧，而且事情本就是他先挑起來的，他算是咎由自取。」藍翔繼續道，「但是壞就壞在，這個劉陽還有一個哥哥。」
「哥哥？大明星，大咖？」嚴歡問。
「不，他哥哥不玩搖滾，他混黑道。」藍翔說，「那是個小心眼，而且睚眥必報的傢伙。」
嚴歡愣住，他覺得自己深深地被震撼到了。
「黑、黑道，這也太扯了吧！」
「我不是在跟你講故事，嚴歡！」藍翔正色看他，「不然，你以為陽光為什麼要離開，為什麼什麼都不跟你們說？
「那是因為他怕你們丟了性命！他不想再一次失去伙伴了！」

「陽光！」

前面似乎是有人在招手，喚著他過去。

陽光從街角站起，愣愣地看著那抹人影。

「你還在幹什麼?再不快點我們就要把你丟下啦！」暢快大笑的高個子朝他揮著手，而在他身邊，是另外幾道熟悉的人影。

那幾人背著他，不斷地呼喚。

「過來啊，陽光。」

「過來！」

「我們在前面等你！」

在冷雨的沖刷中視線變得有些模糊，陽光分不清那些人影的虛假真實，只是茫然地望著。聽著那好似來自上個世紀的聲音，猶豫地，伸出雙手。

「再不跟上，我們可就走囉！」

「等等！等等我！」

腳下一個踉蹌，陽光連忙追出去，可是衝進雨幕的那一刻，他只感覺到透骨的冰涼。冰涼的雨水從空中直直落下，澆滅他的幻想，澆滅他的奢望。

那在前方等待的人影，那許久不曾記起的容顏，如同昨日舊夢般煙消雲散。只有冷雨順著額角劃下，沿著眼角滑落臉龐，流下宛如淚水的痕跡。

「啊……」

陽光輕嘆一聲，無力地將頭後靠在路邊的牆上，仰天而望，劉海被雨水淋溼，遮住了大半張臉，讓人看不清表情。

偶爾有路過歸家的路人，看見他都退避三舍。見自己如同瘟疫一樣被人嫌棄，陽光苦笑兩聲，伸手揉亂頭髮。

「真的跟瘋子一樣，發什麼蠢。」

他從倚靠的牆上挺身站穩，只是這一個動作，就像是用盡了全身的力氣。雙手插進褲袋，彷彿是要從那裡盡力攫取一絲溫暖，但是觸摸到的，也都只是冰冷。

「陽光！」

身形一顫，陽光懷疑自己又是幻聽。然而，這一次的呼喚是那麼的真實，一遍一遍地，從遠處響至耳邊。

「陽光！陽——光！」

在那道聲音趕到面前時，陽光加快步伐躲到狹小的巷子中。而就在他躲進巷中不久，一個少年狂奔過來。

「陽光、陽光，你去哪了？

「我看到你了，你別想再跑！

「你給我出來啊，給我出來。回來我請你吃火鍋！我請你吃臭豆腐，請你吃燒烤，你想吃什麼我都答應！

「陽光——！」

少年焦急的臉龐被雨水打溼，他茫然地四處尋找張望，只為找到那道熟悉的身影，就連被雨水徹底灌透也毫不在意。

「陽——」

「別喊了，他不在這。」

又一個人從遠處走來，走到少年面前，為他撐起傘。

「回車上去吧，嚴歡。」

嚴歡站在傘下，有些茫然無措，「可是我明明剛剛看到他了，一定是他沒錯，他還沒有離開麗江！我們不能走，一定要找到陽光！我們還可以再留下來……」

「嚴歡！」付聲語調驟然凌厲，「你給我清醒點！樂團不是只有你一個人，不是只有陽光一個人。你是團長，你要為所有人負責，而不是只知道莽撞行事，你明白嗎？」

嚴歡低下頭，「我、我只是想帶他一起走，帶大家一起走。明明來的時候是四個人，為什麼只有三個人一起回去？」

看著他眼睛泛紅的模樣，付聲目光放軟，無奈地嘆了一口氣。

「回去以後，我陪你一起找，總會找到他的。上車吧，嚴歡，他不在這。我們還得繼續趕路。」

即使離開了一個人，悼亡者還是要繼續向下一站前進。

他們不能停留，他們要向前追逐。

——不僅僅是為了自己。

兩人撐著傘的背影漸行漸遠，看著他們在街口上了一輛車，最後一直注視著那輛車駛出自己的視線，陽光才收回目光。

「那個傻小子。」

他躲在巷子裡，背靠著垃圾箱，周身一片狼藉，嘴角卻帶著一絲笑意。

在冰冷的雨中，這是唯一帶著點暖意的笑。陽光閉上眼睛，想起嚴歡剛剛那一聲聲呼喚，胸口好像有什麼在跳躍、燃燒，逐漸溫暖起他冰涼的四肢，讓他又有了力量，能夠再次站起身。

「真是個比我還笨的傢伙。」

他從巷中走出，望著通向前後的兩條路。

一條，通向無法掙脫的過去；一條，通向新的伙伴和新的開始。駐足在分岔點，陽光猶豫了很久，最後緩緩地轉身向路的一邊盡頭走去。

那是與嚴歡他們截然相反的方向，那是他已經不能再回頭的方向。

是的，他已經不能回頭了。背負著過去的人，沒有資格走向未來。

雨勢漸大，陽光孤獨的背影漸漸融入街頭，消失不見。

離開麗江的那天，天空一直下著雨，雨水連接天與大地，把整個世界都遮蔽。

嚴歡坐在車內，出神地看著外面的雨幕。那一絲絲的冷雨從雲層中落下，像是有誰在天上哭泣不止。

「John，你說，為什麼要有離別？」

獨自望著車窗外，嚴歡突然問道。

「為什麼珍惜的人不能一直在身邊，為什麼大家不能永遠都在一起？」

「因為這是現實，不是童話。」John回答他，「不過你也可以這麼理解，有離別，才會有相遇。」

一切舊的結束，都是為了新的開始。哪怕過程再痛苦，再不捨，也不得不經歷。

揮別過去，才能迎來新生。

初嘗成長滋味的嚴歡似乎明白了什麼，他回頭看著車內，坐在前排開車的向寬，坐在副駕駛上的付聲。

想起不久以前，他與他們都還是陌路，即使擦身而過也不相識，但是經過這麼一段不長的時間，卻讓他們成為相互信賴、相互依靠的伙伴。

這是怎樣的奇跡才能創造的相逢？

少年人，他永遠不知道，在時光的道路上，下一秒等待他的會是什麼。

也許是喜悅，也許是悲傷，也許是離別，也許是相聚。

就像這貫通天與地的雨水，從萬米的高空墜落摔碎，只為一生一次的相遇。

「還會有重逢吧？」嚴歡眼睛望著窗外，執拗道：「一定會有的，新的相聚，還有重逢。」

遲早有一天，消失在麗江的貝斯手，能夠再回來，一定能再相見。

嚴歡望著天空，如此誠懇地祈禱著。

告別麗江。

05

Pray it out

藝術家

「噠，噠噠！」

小嬰兒伸手向眼前的人要抱抱，嘴角流下一道口水，沾溼了胸前的圍兜。

「抱，哇哇，抱抱！」

正在埋頭看歌詞的人抬起頭來，看見小寶貝委屈的一雙大眼睛，無奈地嘆了口氣。走過去，將他從嬰兒車裡抱了出來。

「鍋鍋。」寶寶將頭輕輕靠在他肩上，心滿意足地蹭了蹭。

嚴歡看著自己被口水蹭溼的衣服，無奈又好笑。

「小壞蛋，你是故意的吧。」

「鍋鍋？」

小嚴樂張大眼，一眨一眨，顯然聽不懂眼前的人在說什麼。不過他看著嚴歡白皙的臉龐，似乎是覺得很好摸，伸手就是一抓。

「哇，痛痛痛！小少爺，您可以輕點嗎？」

小寶貝抓著他的臉頰肉，樂呵呵地笑著。

「鍋鍋噠，鍋鍋噠！」

「真是拿你沒辦法。」嚴歡揪了揪弟弟的小鼻子，「以後長大了，看我怎麼治你。」

「咯咯噠！」

「……」

看嚴樂頂著一張天真無邪的笑臉，一遍遍地重複著「咯咯噠」。嚴歡無力，又覺得好笑。這究竟是他的小弟弟，還是隻小母雞啊？

正在他抱著小寶貝玩的時候，付聲從外面推門進來。

「你媽還沒有把他接走？」付聲看著這兩兄弟，放下吉他，保持和嚴樂三米遠的距離，堅決不靠近。

「我媽下午去逛街，要到晚上才來。」

聽嚴歡這麼回答，付聲的眉毛皺得更緊了。不知為什麼，他和嚴樂十分相處不來。也許是因為付聲總是頂著一張黑臉的緣故，付聲一接近嚴樂，他就哇哇大哭，最後搞得所有人都不敢讓這兩個人單獨相處。

付聲頂著一張黑臉，小嚴樂也皺起眉毛看著這個凶惡的大人，一副很快就要哭出來的樣子。

「乖啊，嚴樂乖，不哭不哭，哥哥親親，啾！」見此情景，嚇得嚴歡連忙哄弟弟，好不容易才讓小寶貝轉哭為笑，不然等他哭起來那可就麻煩了。小嬰兒的哭聲，絕對比最震撼的死亡金屬都還要有穿透力！

付聲在一旁看他們兩兄弟和樂融融的樣子，心裡不是很爽快。只要有嚴樂在，嚴歡的心思十有八九全放在弟弟身上，其他人在他眼中都是浮雲。這種被忽視的感覺讓付大吉他手很不滿意，總覺得小嚴樂是來和他爭寵的。

他隔著嚴歡和小嬰兒對望了一眼，一雙大眼睛，一雙小眼睛，彼此之間似乎有隱隱電流閃過。

「噠！」小嚴樂叫了一聲，對這個可能會搶走自己哥哥寵愛的人十分防備。

好不容易將嚴樂哄好了，嚴歡才終於有時間來問付聲正事。

「徵人情況怎麼樣了？」

「毫無進展。」

自從陽光離開後也有好幾個月了。最初的兩個月，嚴歡沒有放棄，一直在尋找貝斯手的消息。可陽光卻是下定決心要人間蒸發，這一次是真的沒有人知道他去了哪裡。貝斯手不在，樂團卻還是要繼續發展下去，不得已，他們只能開始徵新貝斯手。

但只是暫時的成員，在嚴歡心裡，樂團的正式貝斯手只有陽光一個。

「沒有你滿意的？」

對於徵人的結果，嚴歡並不意外。付聲向來眼界很高又挑剔，難得有人入得了他的眼。

「一個個心高氣傲，本事倒是沒多少。」付聲嘲諷，「都想把我們當踏板，踩著我們出名，這樣的人再來一百個也不收。」

自從麗江音樂節後，悼亡者算是打出了名聲。在搖滾圈裡開始混得風生水起，不過，他們由於某個原因沉寂了兩個月，失去了發展的最佳時機，沒能乘勢而上。這樣一來，真正有實力又單身的樂手，不會輕易加入這支新生樂團，總要觀摩一陣子。現在找上門來的那些，都是想借著他們名氣捧紅自己的傢伙，沒什麼實力不說，心術也不正！

嚴歡知道情況後，嘆了一口氣，「不然我改練貝斯，先將就一下？」

「你？」付聲瞥了他一眼，「我還是再去徵人吧。」

靠，你那是什麼眼神！嚴歡心裡狂吼，就算鄙視也不要這麼明顯好嗎！少爺我也是有自尊的好嗎！

這毫不掩飾的鄙視，一點都沒有打折扣！

「虧你還說喜、喜……」氣急之下，某些話嚴歡差點脫口而出，意識到失言後連忙閉嘴。

「喜什麼？」付聲挑了挑眉看向他。

「洗刷刷，啊哈哈。」嚴歡連忙打呵呵，「我是說我要教我弟唱兒歌，洗刷刷洗刷刷～」

「笨蛋。」

付聲看他欲蓋彌彰的樣子，睥睨一眼。

我忍！我忍！嚴歡心裡咬牙切齒，小不忍則亂大謀。為了菊花著想，他還是繼續裝傻為上。說起來，陽光搞失蹤也是有好處的，出了這種事情後，誰都沒有心思風花雪月了。

付聲和嚴歡之間的關係，還是曖昧照舊，自從幾個月前的一個吻之後，毫無進展。

他卻不知，躲一天，躲一個月，還能躲一輩子嗎？這樣拖延，早晚還是要面對。

John 幽幽嘆了一口氣，為嚴歡的情商感到深深的悲哀。

正在屋裡的氣氛變得有些尷尬的時候，嚴歡的手機鈴聲響了起來。嚴歡如釋重負，趕忙接起電話。

「喂，媽。嗯，我知道了，馬上就下來。」

付聲看他掛斷電話，問：「什麼事？」

「我媽在樓下等我，叫我把弟弟送下去，她來接他回家。」

付聲聞言，悄悄鬆了口氣。

「快去。」

「……」

他想了想，又道：「快回，我還有事跟你說。」

嚴歡哭笑不得，心想這位大爺就不能一次把話說完嗎？老是說一半漏一半，對心臟很不好！

把小嚴樂放進嬰兒車，嚴歡推著弟弟下樓。走到樓下，卻發現自己老媽不是一個人在等，在她旁邊還有一個中年女人，看起來有些眼熟。

「哎呦，嚴歡啊，好久沒見，你瘦了好多啊！」

看著那個和自己熱情打招呼的胖大嬸，嚴歡總算想起她是誰了。是同棟公寓對門的那家女主人，總是和老媽一起打麻將，小時候嚴歡和她兒子玩，還把對方打哭過。

阿彌陀佛，嚴歡拿這位大嬸很沒有辦法。因為以前嚴歡叛逆的那段時期，在家裡和老爸吵完架摔門而出的時候，總會看到這位大嬸站在自己家門口，裝作一副剛剛路過的模樣。

其實嚴歡很想說，阿姨，妳的演技弱爆了！任誰都能看出妳是故意來偷聽的好嗎！

「歡歡，還不和阿姨打招呼？」

雖然嚴歡對這個大嬸有點意見，但是按照老媽要求，面子還是要做的。

「阿姨好。」

「嚴歡啊，阿姨聽說你不讀書，已經在外面工作了？」誰知這位大嬸很不給面子，張口就問，「現在薪水怎麼樣？哎，年紀輕輕的就出來工作，很辛苦啊。還是讀個大學好，哪怕三流大學也好啊。」

嚴歡耐著性子聽著，這位大嬸的兒子，也就是十年前被嚴歡打哭的那個小鬼，聽說是考上了外縣市的國立大學。而嚴歡自從參加了畢業典禮後，就再也沒有出現在他們面前。嚴媽媽是說兒子在外面工作有成，可誰知道是不是嚴歡在外面鬼混、當小混混，家人不好意思說出來呢？

鄰里都抱著這種看好戲的心情，今天胖大嬸好不容易逮到嚴歡，更是直接就問了出來。

忍耐，忍耐。嚴歡擠出一張笑臉，「我現在在做音樂方面的工作。」

「音樂方面的工作？哦，在酒吧裡賣唱啊？怪不得阿姨聽說，上次有人看到你在酒吧街晃來晃去呢，嚇死人了，阿姨還以為你不學好了。哎呀，哈哈哈哈，開玩笑的啦。所以薪水怎麼樣？」

「勉強糊口吧。」

「哦，能吃飽就好。不像我家兒子，到現在還在跟我們要學費要生活費，上次還說要報什麼補習班。哎，現在小孩讀書真燒錢啊，還是你們家兒子好，這麼大就出來工作了，能賺錢……」

嚴歡是沉默，嚴媽媽則是十分尷尬，兩人都不開口，任由胖大嬸一連串地碎碎念。

然而越聽嚴歡臉色越難看，對方那看似恭維實則嘲諷的話語，讓他有些忍耐不下去了。

說他在酒吧裡賣唱，是打工仔、小混混，這些都可以忍。他嚴歡的確是沒名沒錢，就是一個平凡人！可是借由這些來奚落他母親，嚴歡就忍不下去了！

他動了動嘴，正想開口回諷幾句，卻被突如其來的意外打斷。

「嚴歡。」

「嗯？」

嚴歡回頭看去，只見付聲插著口袋，從大樓裡慢慢走了出來。一舉一動，步履緩慢卻自有一股氣勢，乍一看，還以為是哪位大明星走了過來。再加上付聲那張臉，的確是很能迷惑人。

「什、什麼事？」

「剛才有經紀公司打電話過來，約我們下午去談。」

「哈？」

「帶上樂器，等一下會有車來接。還有把自己弄整齊，不要邋邋遢遢的。」

付聲對嚴媽媽輕輕點了點頭，「我有事先走了，阿姨，下回再聊。」

說完，這位帥哥站在馬路邊拉風地一揚手，一輛計程車「嗖」地一下停在他面前，像在拍電影一樣。而直到付聲上車走人，其他三人都還沒有回過神，尤其是那位胖大嬸。

「嚴歡啊，剛才那個像大明星一樣的人，你認識嗎？」

嚴歡迷糊了一陣，想到什麼，隨即一笑。

「是啊，我認識，那是我團員。」

「哦哦，那是有什麼公司要找你們見面，嚴歡你要當明星啊？」

「不是，他們一直找上門，推不過去才答應見面的。其實我們只想安安靜靜做音樂。」

被嚴歡這麼高深地糊弄了一下，大嬸立刻就渾身不對勁了。她覺得自己似乎搞錯了什麼，原來嚴家小子不是在外面當混混賣唱，而是在正經八百地搞音樂？做音樂，但是又不想當明星，這是什麼意思？代表人家在搞藝術啊，藝術家都這麼清高！

這麼一想，大嬸立刻就訕訕的，沒好意思再說什麼，很快就灰溜溜地走人了。

「你呀你，我該說你什麼才好。」明白內情的嚴媽媽無奈一笑，訓誡了兒子幾句，讓他做人不要太浮誇，便帶著嚴樂走了。

嚴歡目送他們母子倆離開沒多久，一輛計程車從遠處開過來，停在他面前。竟然是付聲又回來了！

「你、你你你你……」

你怎麼回來了，計程車不用錢嗎?!嚴歡心裡吐槽。

「傻站著幹什麼？回去換衣服，時間不多了。」付聲白他一眼，催促道。

「什麼時間不多，換什麼衣服？你剛才說那些不都是唬人……不是假的？」嚴歡瞪大眼，「真的假的？」

「下午兩點，約好在新百麗大廈見面。」付聲看了眼手錶，「你要是再不回去整裝，我們也就不用去了。」

「靠！」嚴歡忍不住爆粗口，還真的有經紀公司約他們見面，這麼突然？這個世界太離奇了！

「你好。」對方伸出手，禮貌地笑道，「久仰大名，我是這次和你們商談的代表，柏浪。」

「你好，柏先生。」

「不用客氣，請直呼我的名字就可以。」

和他們約見的，是一個三十出頭的男性，穿著得體的西裝，配著明顯昂貴的襯衫，就連搭配的領帶也是別具匠心。他面帶微笑，不做作也不過分熱情，整個人都透露出一種混跡於商場的高級精英分子氣息。

這個叫柏浪的男人，就是這次約見悼亡者樂團的經紀公司代表。

「開場白就不多說了，我想先向各位表示一下我們的誠意。」柏浪穩坐在沙發一角，右手搭在翹起的膝蓋上，「對於悼亡者樂團的實力，我們公司十分欣賞，也很不忍心讓這樣一支樂團一直埋沒在獨立音樂界。我們想給予你們更多的機會，讓你們可以接觸到更廣大更絢麗的世界。可以保證，只要透過我們的包裝，悼亡者便能成為家喻戶曉的一支樂團，你們會在國內享有應得的人氣和名譽。」

他一一打量過在座三人的表情，最後，視線停留在明顯稚嫩、顯得有幾分忐忑的嚴歡臉上。

「只要答應簽訂合約，一切的宣傳和包裝都可以立刻開始。我們會為你雇請最好的音樂策畫，最佳的專業團隊，最出色的形象設計。再加上幾位本來就不錯的底蘊，風靡國內樂壇並不在話下。各位不妨考慮一下？」

「呃。」嚴歡吞了吞口水，他看了看付聲和向寬，意識到沒有人說話，只能自己先開口。

「那個，柏浪先生，我很感激你們的邀請，但是我們悼亡者現在並沒有……」

「我知道。」柏浪打斷他，一雙眼睛像是把嚴歡的顧慮全都看穿，「對於你們這種奉行純粹搖滾的獨立樂團來說，也許認為娛樂行業並不是什麼好地方。我也承認，有時候在這個圈子裡難免有些勾心鬥角的事，為了迎合大眾、促進盈利，很多時候各大公司的藝人們也不自由。」

「既然這樣……」

「我想有一點你沒有聽清楚，嚴先生。」

第一次被人以「先生」來稱呼，嚴歡耳朵紅了一下。

「我剛才所說的是，本公司的目的是讓悼亡者進入樂壇，並不是說讓你們成為藝人。」柏浪微笑，一副胸有成竹的模樣。

「這是……什麼意思？」

「說實話，現在無論是娛樂圈還是歌壇，都陷入了一種怪循環。經紀公司為了培養出大眾喜歡的藝人，於是打造各種經典形象，但是這些形象暢銷一段時間後，又會被大眾拋棄。大眾不會被那些千篇一律的明星滿足，但是市場卻需要千篇一律的明星，流水線產品源源不斷地生產出來，受眾們卻更加飢渴，覺得根本沒有被滿足。於是尋求更多新鮮的替代品，然後又是新的循環……抱歉，我扯遠了。」

柏浪回過神，道：「總之，我的意思是，公司並沒有打算把你們包裝成大眾化的偶像樂團，我們看中的，正是悼亡者的原汁原味。」

「原汁原味？」嚴歡歪了歪頭，「可是我們這種搖滾樂，在一般人之中並不流行啊。」

嚴歡還是有自知之明的，在國內，純搖滾對於大部分人來說只是音樂中的一種異類，一個沒有多少人關心的邊緣音樂類型。

「正是不流行才好，不妨直說，我們打造悼亡者，最初的目的就不打算迎合大眾喜好。直白點來說，凡是人多少都有些受虐心態，有些東西你越是不順著他來，他反而會更感興趣。」

柏浪誇誇其談：「在我們的計畫裡，悼亡者的定位就是極端、偏僻、少數派，只向少部分人提供的精英產品。物以稀為貴，這樣一來，相信即使本身對搖滾不感興趣的受眾，對於悼亡者這個特立獨行、不逢迎不賣弄的新興事物，都會產生好感。

而這，就是你們一炮而紅的機會。

「所以，公司不打算對悼亡者的樂團風格做太多改動。你們只要一直保持原來的風格就好，或許這種『原始』會格外受歡迎也說不定。」最後總結了一番，柏浪笑看眼前三人。

「幾位還有什麼疑問嗎？」

有這麼好的事情？

免費提供最好的條件，免費為他們宣傳，給他們各種機會，卻不要求樂團改變自己的風格，只要去做原來的他們就好！這樣天上掉下的好事，砸得讓人恍惚啊。

雖然覺得這是讓人難以置信的優異條件，但嚴歡還是不敢輕易許下承諾，他偷偷瞄了眼一旁的付聲，想要弄清他的想法。

柏浪注意到他的視線，也向付聲望去。

「付先生又是什麼想法呢？」

「付聲。」

「啊？」

「我也不喜歡別人先生來先生去，你可以直接喊我的名字。」

看著付聲一臉孤傲地說出這句話，彷彿一名國王在賞賜一位貧民抬頭仰視的資格，柏浪心中苦笑一聲，果然這個付聲不是這麼好搞定的。

「那麼，付聲，你是否認同我們的條件？」

「待遇怎麼樣？」出乎嚴歡意料，付聲沒有一開口就拒絕，「如果悼亡者簽訂合約後，給我們的演出機會如何，專業設施如何，限制人身自由嗎？除了一般的公司要求外，是否對我們的私人領域還有額外的限制。這些，我希望都能瞭解清楚。」

不愧是付聲！沒有被那些看似誘惑的條件迷住眼睛，而是看清了實質問題！是啊，條件開得再好，加入公司後的實際待遇也是很重要的，不然不就等於被開了空頭支票嗎？

嚴歡有些小崇拜地看向付聲，果然年齡大就是不一樣，這就是所謂的歲月歷練嗎？

「不，這是所謂的智商差距。」John 在腦內狠狠嘲諷了他一番。

「……」

面對付聲提出來的一系列問題，柏浪似乎未有預料，「這些詳細的條件，我們本來應該在合約中一一列明，但是今天只是初次見面，我並沒有將完整的合約帶過來。這樣吧，我們再約個時間，下次見面的時候我帶好文件，就這些細節雙方可以公平商談。」

「可以。」付聲點了點頭，站起身來，「那今天就先告辭了，我們再聯繫。」

「啊，那當然可以，我就不遠送了。」柏浪也起身送客，突然想到什麼，「對了，聽說悼亡者樂團還缺少一位貝斯手，需不需要我們幫……」

「不用了。」付聲冷冷地打斷了他，「這個問題我們會自己解決，不勞煩操心。」

「好，那麼，再見了，下回再會。」

「再見。」

乾淨俐落，付聲不給對方依依不捨的機會，帶著向寬和嚴歡兩人走出了會議室。嚴歡可以感覺到，直到他們走出門口之後，那個柏浪都還在目送。

這個人也太客氣了吧，還是他心裡有別的想法？

嚴歡悄悄琢磨著，總覺得事情有哪裡不對勁。無論是過於寬厚的條件，還是付聲奇跡般的平和態度。要知道，之前找上門來的那些經紀公司，連面都沒見就被他打發走了。這一次是怎麼回事？

「付聲！你今天好像有點不對勁，怎麼這麼好說話？」

嚴歡還在疑惑，向寬已經把他的心聲問了出來。

「我很正常。」付聲頭也不回，「回去再說。」

三個人回到了付聲的公寓，吉他手這才開始向他們解釋原因。

「你們覺得奇怪，我為什麼要答應和這家公司見面？」

向寬和嚴歡整齊點頭，奇怪，太奇怪了，心裡好奇到都癢起來了。

「其實原因很簡單。」付聲故意頓了頓，「我答應見面，但是並不打算和他們簽約。」

「那你還約好下次再見，還要談合約細節？」

「那只是為了拖延他們，給我更多的時間瞭解這家公司，還有查清楚一些事情。」

嚴歡更加奇怪了，「什麼事情？」

付聲看著他，眸色深沉。

「這兩個月我一直在找陽光的消息，但是沒有收穫。不過相對的，我找到了另一方的消息，畢竟對方樹大招風，還是很引人注目的。所以，我就想借此機會接近他們……」

「等等，等等！你說的到底是誰？」嚴歡連忙打斷，一臉不解，「哪個對方，哪個樹大招風？」

「還有誰？」付聲放低聲音，「當然是那個逼迫陽光離開我們的人。那個殺人凶手。」

「殺人凶手？」

嚴歡和向寬束手坐在付聲面前，目光炯炯。

「到底是什麼意思？那家經紀公司有什麼不對嗎？」

付聲坐在他們對面，右腳翹在左膝上，一手輕搭著扶手，一副運籌帷幄的模樣。餘下的一隻手夾著一根點起的菸，菸頭在昏暗的室內忽明忽暗，映得付聲那雙黑眸也隨之明暗不定。

看著他這副樣子，嚴歡「咕嘟」一下吞了吞口水，總覺得自己好像要聽到什麼不得了的事情了。

「那家公司——」

付聲右手將菸湊到嘴邊輕輕吸了一口，話音隨之中斷。嚴歡的視線隨著他移動的手轉移到他的唇瓣，看著付聲這故弄玄虛的模樣，恨不得一把將菸搶走。

「……沒有什麼不對。」

「什麼？」等了半天就等來這一個答案，嚴歡氣急敗壞，「那你說什麼凶手？」

「是有凶手，但不是這家公司，而是它背後的人。」

「背後的人？這家公司的老闆？」還是向寬有經驗，「是他身上有什麼線索嗎？和陽光有關的？難道……」他想了某種可能，神色隨之一肅。

「就是那個可能。」付聲對他點了點頭，在菸灰缸裡捻熄了菸。

向寬肅容道：「那我們該怎麼辦，他找上門來，是不是別有所圖？」

付聲冷生回道：「隨機應變，順藤摸瓜，不要打草驚蛇。」

「等等，等等等等！」聽著這兩人說了半天，嚴歡一頭霧水，「你們究竟在講什麼？什麼老闆，什麼別有所圖？這家經紀公司的老闆是殺人犯？就算是，那又和我們有什麼關係？」

嚴歡看到付聲輕掃了自己一眼，那眼神無奈又無力，彷彿在深深鄙視他的智商。

「嚴歡……」向寬嘆氣，恨鐵不成鋼道：「這個老闆他自己不是殺人犯，不過他弟弟倒是個殺人犯，手裡整整有四條人命。」

「弟弟？四——！你說的是那個劉陽！那個死了也不安分的傢伙？」嚴歡恍然大悟，「這家經紀公司的背後老闆就是他那個黑道哥哥！天啊，他找上我們肯定不懷好意，付聲，你還和他們周旋什麼？快撤啊！」

付聲白了他一眼。

「不周旋，我們的貝斯手怎麼回來？」

「和陽光有關係？」嚴歡眼睛一亮，最近提到陽光他總是這樣。

「至少他找上我們，肯定和陽光有關。」向寬道，「雖然現在不知道他打的是什麼鬼主意，但是還是小心為上。」

嚴歡喃喃道：「我還想說哪裡來的這麼好的條件，原來他們圖謀不軌。」他失落道，「我就知道沒這麼好的事。」

付聲教訓他，「下次再見面的時候，你不要單獨和他們相處。等我弄清楚他們的目的再說，也許，還能借這次機會找到陽光的線索。」

聽見這句話，嚴歡明顯精神一振，「那陽光會回來嗎？」

「會。」付聲的語氣堅定，「等我掃清了所有麻煩，他就能回來。」

而在那之前，他要把擋在悼亡者前進道路上的攔路石通通清除乾淨，一個也不留！

聽著付聲擲地有聲的發言，嚴歡看著這位冷峻的吉他手，心裡悄悄升起一股小小的崇拜。原來在他一頭霧水、茫然沒有線索的時候，付聲已經做了這麼多的安排，做了這麼多的計畫。

這份膽量和心計，他真的是遠不能及。

「你還差得遠呢。」John 贊同道。

在對方露出馬腳前，悼亡者決定盡力周旋。這是三人最後定下的大原則，至於具體怎麼實施，一切都依靠偉大的付聲大人，反正嚴歡這個毛都沒長齊的小鬼是參與不了的。

他被勒令儘量少和經紀公司的人接觸，為了雙方的安全著想。

「什麼叫為了雙方的安全著想……」直到向寬告辭離開後，嚴歡還是念念不忘付聲的這句話，咬牙切齒道，「我是這麼拖後腿的人嗎？我是嗎?!」

他一邊狠狠地問，一邊將手中的刀揮舞得「唰唰」作響。

「**我是那種低能兒嗎？John，你說！**」

看著嚴歡手中閃爍著寒光的刀刃，**John** 明智地選擇了沉默。

「哼哼……」見他不回答，嚴歡一臉不爽，手裡的刀揮得更快了。

嗒嗒嗒嗒，嗒嗒嗒嗒！嗒嗒嗒嗒嗒！

手起刀落，刀光間，蘿蔔被一段段肢解，在殘忍的儈子手刀下四分五裂。

「我不吃蘿蔔泥。」

似乎是聽見廚房裡的響動，付聲在客廳裡大喊了一聲。嚴歡一頓，看著手中已經快被剁成蘿蔔汁的不明物體。

「不吃蘿蔔泥，又沒說不吃蘿蔔汁。」他狡辯一聲，十分沒有愧色地將這團糊狀物倒進鍋，等一下就炒給付聲吃！誰叫他不吃蘿蔔泥，誰叫他要鄙視我！

一邊歡快地翻炒蘿蔔泥，一邊哼著歌，嚴歡的心情陰轉晴。他想著等等付聲用餐時苦悶的臉色，心裡就偷樂得不行。嘿嘿嘿，讓他瞧瞧少爺我的手段！

「嚴歡。」

「哇啊！」身後突然有人出聲，正得意洋洋的嚴歡嚇了一跳，鍋鏟都快從手裡掉下。他回頭一看，付聲不知什麼時候正靠在廚房門口看著自己。

糟糕，剛才的小動作不會被這傢伙看見了吧？嚴歡的小心肝正打著鼓，只見付聲遞來一支手機。

「有人打電話給你。」

原來是有電話！要不要這麼驚悚！

嚴歡鬆了一口氣，接過手機，看著上面有好幾通未接來電，都是同一個號碼。

「這個號碼我不認識，詐騙電話？」他小心翼翼道。

「已經打五次了，就算是詐騙電話，你還是接一下對方才會放棄。」似乎是嫌棄不斷來電的手機打擾自己工作，付聲丟下這句話轉身就走了。

嗡嗡，嗡嗡——！

被調成靜音的手機再次震動起來，嚴歡看向螢幕，還是剛才那個陌生號碼。究竟是誰這麼鍥而不捨？

一邊想著，他按下接聽鍵。

「喂?」

手機裡傳來一個久違的聲音,出乎意料之外,竟然是——

「嗨,嚴歡!好久不見,你最近過得還好嗎?

「啊,我真蠢,問了個白痴問題。聽說悼亡者這幾個月人氣暴漲,我在這邊都聽到消息了!我早就知道你們會有這麼一天!嚴歡,你本來就那麼出色!

「對了,我一直在想什麼時候能再見你一面,這次終於有機會,我下週又要去你們那邊啦,你有時間出來見我一面嗎?

「喂?怎麼不說話?嚴歡?嚴歡、嚴歡、嚴……」

其實,除了最開始的那一句「嗨,嚴歡」,接下來的一連串鳥語,嚴歡都是有聽沒有懂,當那如同機關炮一樣的英文從他大腦中穿過時,嚴歡過了好久才明白,打他電話的竟然是一個外國人,而且聲音還有點熟悉。

嗯?這個聒噪的聲音……

「貝維爾?」嚴歡試探道。

身在遙遠歐洲的吉他手聽見這聲呼喚,舒心地笑了。

「我還以為你忘記我了,那可真叫人傷心。」

這個金髮藍綠眸的外國吉他手,嚴歡印象深刻,想忘都忘不掉。無論是他的吉他實力，還是那個令人「回味」無窮的初吻。

嚴歡探頭向廚房外看了一眼，付聲沒有注意到這邊的異樣。於是他壓低聲音，小心翼翼地問道：「貝維爾，有什麼事嗎，你怎麼會打電話給我？」

自從上一次在迷笛的合作舞臺結束後，KG樂團就返回了英國，嚴歡也就沒有再見過這位吉他手，所以很奇怪他竟然有自己的聯繫方式。

「你怎麼會有我的電話號碼？」借著隨身翻譯器 **John**，嚴歡總算是能和貝維爾正常交流。

「哦，不要這麼警惕，寶貝。對於我們圈內人來說，只要有一定名氣，就有得是方法聯繫上彼此。這證明你們悼亡者是真的出名了，不是嗎？你應該感到開心，而不是問我從什麼管道聯繫上你。」貝維爾張口就來，「你要知道，悼亡者的名聲都傳到英國了，你們真是夠厲害的。」

對於那一聲寶貝，嚴歡打了個寒顫，摸了摸手臂上冒出的雞皮疙瘩。

「你究竟找我幹嘛，貝維爾？」

「我剛才不是說了嗎？我想和你再見一面……嗯，聊一聊關於搖滾方面的話題，進行一次深切友好的跨國交流。」

嚴歡下意識地覺得貝維爾中間的那個停頓有些詭異，不過他找不出原因。

這個金毛老外究竟是在打什麼鬼主意？

「我現在沒有時間，我們很忙，有很多煩心事，沒空……」

「哦，是的、是的，我知道。你們的貝斯手跑路了是吧？我知道這件事，我就是為了這件事而來的。」

什麼？嚴歡懷疑自己的耳朵有沒有聽錯。

「難道你要推薦貝斯手給我？」

悼亡者的候補貝斯手會是一個金髮老外，嚴歡想想就覺得不對勁。

「不、不，我只是給你一些忠告和建議。關於你們原來的那位貝斯手，我這裡正好有些消息，我猜你會想要知道。」

關於陽光的消息？為什麼遠在英國的貝維爾會知道？他究竟知道些什麼？

嚴歡感覺自己的呼吸急促起來。

「不能在電話裡說嗎？」

「天真的小孩，歡。」貝維爾似乎笑了一下，嚴歡聽見他的氣音從遙遠的電波彼端傳來，「很多事情在電話裡說不清楚，而有些事情在這裡說也不安全。

「如果你真的想知道的話，下週我過去的時候，你到上海來找我吧。我等你。」

貝維爾說完，便不由分說地掛斷了電話。嚴歡抓著手中發出「嘟嘟」忙音的手機，表情有些迷惘。

貝維爾究竟要跟他說些什麼呢？

——關於陽光的事情。

「電話打完了？」

付聲再次悄無聲息地出現，讓嚴歡嚇了一跳。

「啊，是、是啊，打完了。」嚴歡下意識有些心虛，連忙把手機收起來。

「是誰？」

「一個很久沒聯絡的朋友啊，約我下週出去見個面。我和他真的是很久沒見了，下星期我可以請個假嗎？」要當著付聲的面說謊，壓力真的很大。嚴歡睜大眼睛，努力不要讓自己移開視線，不然就會顯得很心虛。

付聲盯著他看了片刻，轉身。

「你想去就去，不用問我。」

嚴歡看著他離開的背影，心裡鬆了一口氣。付聲沒有追究就好，在事情沒有弄清楚之前，他可不想再給自家的吉他手添亂。嚴歡下定決心，自己先去試探貝維爾，等真的得到了消息再對付聲坦白也不遲。

我這都是為了樂團著想啊。

嚴歡一邊在心裡安慰自己，壓下心中的那麼一絲絲愧疚，繼續準備晚餐。

廚房外，付聲其實並沒有走遠。他輕靠在門邊的牆上，聽著嚴歡小聲地自言自語，黑色的雙眸微微閃爍，似乎在思索著什麼。須臾，吉他手挺身站直，返回客廳。

在忐忑不安的心情中度過了這週的最後幾天，新的週一一到，嚴歡就坐上了前往上海的班車。

悼亡者所住的城市離上海只有一個多小時的車程，嚴歡早上上車，到達目的地的時候，也不過剛到中午。他看著手機上貝維爾傳過來的簡訊，再抬頭看了看眼前這棟摩天大樓。

好、好高級的酒店？KG真的就住在這裡嗎？嚴歡抬頭看著這座幾乎快要看不到頂的豪華酒店，那閃爍著耀眼光芒的建築幾乎快閃瞎了他的眼。

再想想悼亡者巡迴時的住宿條件，嚴歡忍不住要抹一把辛酸淚，真是天差地別啊。

酒店的走廊相當安靜，踩在柔軟的厚地毯上，整個人好像都快陷進去了。按照簡訊上的說明，嚴歡找到了貝維爾所在的房間。

整條走道上只有他一個人，嚴歡站在門前，深吸了一口氣，下定決心開始敲門。

「噠噠噠」的敲門聲在寂靜的走廊裡格外響亮，似乎傳遍了整個樓層。一聲又一聲，像是催婚的敲門聲，嚴歡被自己的聯想搞得有些驚悚，心裡也在抱怨貝維爾怎麼還不過來開門。

「那傢伙怎麼這麼慢？」

嚴歡回頭看了眼昏暗的走廊盡頭，總覺得那裡好像有什麼東西在窺視自己。搖了搖頭，他甩出腦中荒謬的想法，繼續敲門。

可手指剛觸碰到冰冷的木面，一隻蒼白如幽靈的手突地從後方探出來，抓緊了嚴歡的手。

我的媽呀——！

張大嘴的驚呼還來不及喊出來，另一隻手又緊緊捂住了他的嘴。就在嚴歡嚇出一身冷汗的時候，一道熟悉的嗓音從他頭頂傳來。

「趁我不在的時候，跑到酒店來和別的男人見面，嗯？」

那個銷魂的、讓人顫顫發抖的鼻音，嚴歡是再熟悉不過了。

他微微地抬頭，果不其然，一雙漆黑的眼眸正俯視下來。那個男人把他環在雙臂之間，緊盯著他，用令人不安的語調問：「你什麼時候變得這麼大膽了，嚴歡？」

「付、付聲！」

現在和付聲的關係不比以往，自從幾個月前付聲那個莫名其妙的吻以後，嚴歡對於他的接近，心裡總是有那麼一點彆扭，更別提現在這樣的近距離接觸了。

況且，身為一個心理正常的男性，任誰被同性這樣示威似地圈在懷裡，都不會覺得舒服，他嚴歡又不是女孩子，有必要擺這種經典POSE嗎？

當即，沒有回答付聲的問題，嚴歡一彎腰探頭，從付聲的禁錮裡鑽了出來，這才肯好好看他。

「我還沒問你怎麼跟著我！你是一路跟過來的？我怎麼沒有發現？」

付聲見小鬼從自己懷裡跑了出去，食指動了動，終究還是任由了他。

「就依你那半吊子的警惕，誰要跟蹤不都是輕而易舉？」付聲嘲笑道，「恐怕你連我是和你同坐一輛車來的都不知道。按你這種性子，以後被人動手腳都還搞不清楚，我怎麼會放心讓你一個人出門？」

嚴歡啞然，付聲竟然是和他坐同一班車來的？他真的一點都不知道！那時候滿心都在想貝維爾說的話，根本一點都沒注意到周圍。

「況且現在情況不同，出了陽光的事情後，也不知劉陽那個大哥會怎麼對付我們。你打算一個人出門，有沒有考慮過對方不是一般人，萬一趁機對你下手怎麼辦？」

付聲神色嚴峻，看著嚴歡道：「你如果出了事，那麼悼亡者又該怎麼辦？你想看著樂團就這樣解散嗎，團長？」

被這麼一番連珠炮轟下來，嚴歡從一開始的惱羞成怒，變得有些心虛。聽付聲這麼一分析，好像真的是自己做錯事了？奇怪，怎麼感覺有哪裡不對？

沒有給嚴歡仔細思考的時間，付聲繼續逼問：「說吧，你來這裡究竟是要見誰，偷偷摸摸的幹什麼？」

「我……」

就在嚴歡支支吾吾的時候，他背後靠著的大門一下子朝內打開，嚴歡一個不穩，身子往後倒去。

付聲臉色一變，就要伸手去撈他。

然而，卻有人比他更快。

「嗯？這不是嚴歡嗎？」

被人穩穩扶住，嚴歡聽見一個帶著笑意的聲音傳來。

「還沒等我開門，就自己迫不及待地撲過來了？你真是太熱情了！寶貝。」

嚴歡止不住一個寒顫，聽著這熟悉的肉麻語調，他就知道來者是誰了。他站直了身體，看向對方。

首先映入眼簾的是那一雙藍綠色的眼眸，似乎帶著漣漣水光，深邃迷人。金色的髮絲亂糟糟地聚在一起，卻不顯得邋遢，反而有幾分灑脫愜意。

貝維爾一手扶在牆上，修長的身姿顯現出完美強健的輪廓，他看了看嚴歡，微微瞇起眼睛，道：「我可是等你好久了，歡。」

「貝……貝維爾？」

這傢伙，怎麼比幾個月前更帥了？嚴歡發現自己一時有些看呆，連忙回神。這是怎麼了，他最近老是容易看男人看呆了，這個傾向好像有些不妙。嚴歡覺得，自己似乎有某種危險的趨勢。

不去看身邊嚴歡的微妙神色，付聲向前站了一步，正好擋在兩人中間。

「原來是你鬼鬼祟祟地聯絡嚴歡，貝維爾。」

貝維爾看向付聲，收斂了眼中的波光瀲灩，正色道：「我可不是不懷好意，付，你不用這麼警惕。」

「你對著我們團長發花痴，還要我不警惕？什麼時候能管管你的下半身，貝維爾？」付聲說話毫不客氣。

當然貝維爾也不是吃素的，「這可不是花痴，我親愛的朋友。我這是在尋找忠貞神聖的愛情，為此所做的一切努力和嘗試都是浪漫的、美好的，你不能否定一個人為了尋找他的愛所做的任何努力。愛情是偉大的，不過可憐的付，你大概還沒有這樣的體會吧。」

貝維爾憐憫地看著他，「你比較缺愛啊。」

嚴歡前面都沒怎麼注意，不過最後一句話他倒是聽懂了，當場忍不住「噗」一聲笑出來。

貝維爾看著他捧腹大笑的樣子，眼神柔了柔，「看來你也贊同我的話，歡？」

「呃，那個，我……」

「你問得正好。」付聲打斷他，回貝維爾道，「我究竟缺不缺愛，他最知道。」

說完，他轉過身，烏黑的雙眸盯著嚴歡眨也不眨，「你說是嗎？嚴歡。」

被這雙深黑的眼眸看著，嚴歡的思緒彷彿一瞬間又要飄到那一晚，結束了一場熱烈的演出，付聲拉著他穿過一道道人群，直直走入黑暗中，然後兩個人在下一秒，緊貼在一起摩擦的雙唇……

「轟」的一下，嚴歡滿臉通紅，頓時說不出半句話來。

付聲很滿意他的表現，回過頭來，對貝維爾示威似地挑了挑眉。貝維爾還不清楚這其中內情，只覺得付聲這樣實在有些幼稚，不像他以前那麼穩重。

他無奈道：「你究竟是來和我爭執，還是來詢問我陽光的事情的？我們還要在門口浪費多少時間？」

付聲的臉色變了變。

「陽光？」

「怎麼，嚴歡沒有對你說嗎？我約他來，就是因為有一些關於陽光的內部消息要告訴他。」

付聲淡淡瞥了嚴歡一眼，收回視線不鹹不淡道：「他說過，我只是一時忘記。進去吧，把門關上。」

語畢，他逕自走進房間，然後指揮著貝維爾關門，好像他才是這裡的主人。

嚴歡和貝維爾落後一步，看到付聲已經好整以暇地坐在了圓椅上，對著兩個人微微一揚下巴，如同國王般道：「把你知道的都說出來吧，貝維爾，我們時間不多。」

貝維爾無奈，好在他也不計較付聲的脾氣，將自己知道的情況緩緩道來。

原來，他之所以知道陽光的事情，還真的不是巧合。ＫＧ樂團現在的經紀人，曾經也和飛樣有過聯繫，甚至有一陣子，飛樣樂團可能就直接在英國出道了，如果不是出了那樣的事情……

「拉貝納和我提過，他曾看中一支很有潛力的亞洲樂團，卻沒想到他們會惹上大麻煩，他一直很惋惜。」

「什麼麻煩？」付聲追問。

貝維爾看了他一眼，似乎在斟酌用詞。

「你要知道，我們玩搖滾的，嗯，多多少少有些人會比較孤僻，很多人都有些特殊的愛好，而且圈子裡壓力又大，一些人為了發洩心裡的壓抑，會染上一些……」

他一句話還沒說完，付聲已經微微色變，「你說他們牽扯上了毒品？貝維爾，那陽光呢？」

貝維爾聳了聳肩，「具體怎樣我不知情。我只知道，當年拉貝納最後一次聯繫飛樣、勸說他們來英國的時候，是飛樣自己拒絕了。好像是從那時開始，他們就已經牽扯上一些不清不楚的東西了。最後又出了那樣的事情，沒人知道究竟是怎麼回事。我提起這些只是想告訴你們，嚴歡，付聲。」

說到這裡，貝維爾的藍綠眸色沉澱了下來。

「在我們這個世界，已經有太多人因為毒品而離開，我不希望你們也步此後塵。你們明白嗎？」

付聲沒有回答，但是他知道貝維爾的言下之意。

如果陽光真的是因為毒品和黑道牽扯不清的話，和他擺脫關係，才是最明智的做法。

搖滾是美麗的、迷人的，但它也是迷惑的、是危險的，如果一不小心踏入它的黑色漩渦，再想脫身就難如登天。

直到從貝維爾那裡離開，付聲的臉色也還是很不好看。嚴歡懵懵懂懂，似乎也知道他們是挖到什麼不得了的內情。

他有些擔心地看著付聲，「我們不能再見陽光了，是嗎？他是不是牽扯進很危險的事情裡了？」

付聲低頭，看著嚴歡擔憂的茫然神色，伸手揉亂他的頭髮。

「不需要擔心。」

他說，看著身邊懵懂青澀的少年，心中湧上一股決然。

——這些骯髒的事情，絕不讓你參與進來。

付聲的手指緊了緊，看著手中滑過的嚴歡柔軟的細髮，眼神晦澀。

嚴歡，你唯一要做的，是乾乾淨淨地站在明媚的世界裡，盡情舒展羽翼。

而付聲明白，自己的任務，就是在陽光照不到的角落，為嚴歡擋下一切陰影。

為此，在所不惜。

06 #Pray it out

大事

放在桌上的手機微微響動起來，帶著輕微的震顫。正在收拾東西的柏浪一頓，看見螢幕上的來電顯示後，連忙接起。

嗡——嗡——

「老闆，我是柏浪。」

「是，已經和他們見過面，對方並沒有拒絕。」

「好的，我明白您的意思，是，瞭解，再見。」

短短的幾句話說完，柏浪卻發現手心冒出了薄薄的一層汗，他忍不住苦笑。和那位大BOSS對話，自己到現在竟然還這麼局促，只是一通電話，便緊張成這樣。

柏浪知道不是因為自己膽小，而是世界上就是有那麼些人，他天生就站在比絕大多數人都要高的山峰之上，俯瞰眾生。所有的普通人在他們眼裡都如同螻蟻，而他們就像是高高在上的神祇，翻手為雲覆手為雨。而被這樣的人物看上，也不知是幸運還是不幸。

「悼亡者樂團。」喃喃念著手中文件上的一個名稱，柏浪略帶憐憫，「希望你們好運。」

他掛下電話，整整衣領，又變成平時那個雷厲風行的柏總，推開門走了出去。

「Lisa。」

「什麼事，柏總？」一個精英打扮的美女迅速走過來。

「上回我聯繫的那支樂團，妳再去見一次，帶上完整的合約。」

「好的，還有什麼吩咐嗎？」

柏浪突然頓住腳步，目光停留在某處一動也不動。

Lisa的視線順著他看過去，一驚。

「柏總，你不會是想……」

柏浪點頭，「就是妳想的那樣，這件事也交給你辦。不用擔心，一切都有公司安排。」

柏浪走遠以後，Lisa還久久地站在原地回不過神來，滿臉不可思議。

「喂，發什麼呆呢？」一個同事經過，輕輕推了她一把。

Lisa這才回過神來，仿若夢遊一般問道：「你聽說過悼亡者這支樂團嗎？」

同事皺了皺眉：「好像在哪聽過啊，不過不是很有名氣，不熟。怎麼，這支樂團有什麼來歷嗎？」

「我要是知道就好了。」Lisa看著眼前貼在公告欄上的絢爛海報，逕自發呆。她剛才是理解錯柏總的意思了嗎？竟然要她去邀請那支名不見經傳的的小樂團參加這次的活動？

這簡直不是可以用鯉魚躍龍門來形容，這簡直是有天神相助啊！

Lisa百思不得其解，這支樂團，究竟是什麼來歷？

在她面前，色彩絢爛的海報張揚地貼在牆上，紅色與黑色的背景上一行鮮明的大字清晰可見。

二〇二三跨年音樂節！

「您好，一共五十五元，找您五元。謝謝惠顧，歡迎再次光臨。」

嚴歡拎著袋子走出街角的超市，一邊還不忘感嘆。

「大城市就是和我們那小地方不一樣，連小超市的收銀員都這麼有禮貌，嘖嘖，差距，差距。」

「差什麼距？」靠著街邊欄杆正在等他的付聲走了過來，接過嚴歡手中的袋子，還不忘輕敲他的腦袋一記，「都不過是為了討生活，只是這裡更競爭而已。有時間在這裡多愁善感，還不如早點回去練習。你的吉他又退步了。」

聽見這句話，嚴歡一臉痛苦，手揉著剛剛被付聲敲過的腦袋，「又不是我想退步。」

實在是最近煩心事太多，讓他沒有心思去練習吉他而已。自從陽光走了以後，這一個多月來樂團練習的時候，嚴歡總有些心不在焉，好像少了些什麼似的。就好像他們四個人原來是一個整體，而現在這個完整的靈魂卻被硬生生撕裂，隱隱作痛。

不知道陽光現在在幹什麼？他過得好嗎？他還有在練習貝斯嗎？

嚴歡腦子裡竄過一連串的問題，目光無意識地在街上游走。

「哎哎！付聲，快看快看！」突然眼角瞥到了什麼，嚴歡連忙拉住走在前面的付聲衣角。

付聲被他拉得一個踉蹌，無奈道：「你又怎麼了？」

「你看那邊的海報！」

付聲循聲望去，只見在街對面的公車站換了一面新的背景廣告。炫目的色彩，十分容易吸引目光。

「跨年音樂節，還有貝維爾他們當嘉賓！我還想說那小子這時候跑過來幹什麼，原來是又有活動！」嚴歡又羨又妒道。

而付聲的目光卻停留在海報的另外一行文字上——特邀樂團：夜鷹。

他的那些「老伙伴」，也要參加這一次的音樂節嗎？

「場面搞得還挺隆重，來自四十個國家的歌手，十八家電視臺共同舉辦，竟然還有國外同步直播。」嚴歡每說一句，眼睛就瞪得更大，「不得了，不得了，好像是場大事啊！貝維爾那傢伙，竟然能受邀參加這種級別的音樂節。」

付聲聽見他這句話，心裡略微有些不舒坦，挑眉看向大驚小怪的嚴歡。

「這種級別？不過是國內實驗性的一個玩具而已，你真以為是多大的場面。而且現在接近西方的耶誕節，你沒發現歐美那些真正的一流的樂團基本上都沒有過來嗎？人家寧願待在自己國家的搖滾節，也不會跑到我們這個搖滾荒漠來。」

嚴歡聽完後，笑一笑。

「我怎麼覺得你這話裡一股酸味啊，行啦，不要吃不到葡萄說葡萄酸嘛。」他拍了拍付聲的肩膀，完全忘記了這幾個月來兩人之間的尷尬。

「不要嫉妒，不要吃醋，我知道你的意思。」嚴歡笑著，黑色的眼睛像是在閃光，「你是想說不久以後，我們也會站在這樣的舞臺、站在比這更大的舞臺上，是嗎？」

付聲不出聲地盯著他，沒有說話。

嚴歡年輕的臉龐帶著希望和憧憬，看起來就像在發光。少年特有的嗓音，伴著風聲傳到付聲的耳邊。

「一定會去的！所有人，我、你、向寬……還有陽光。」

年輕的聲音在此許諾道：「我會帶著你們一起去！到世界最大的舞臺上！」

這句誓言毫無阻攔地闖進了付聲的心裡，掀起一陣陣波瀾，他望著嚴歡，手指動了動，喉結上下滑動，喉頭有些乾渴，又似乎想要說些什麼。

他緊緊盯著嚴歡，微微啟唇：「你……」

然而還來不及說什麼或做什麼，一陣手機鈴聲便打斷了兩人之間有些曖昧的氣氛。

付聲本來不想理會。

「接吧，說不定是有什麼重要的事情？」嚴歡催促了一句，付聲只好掏出手機。一看，是一個陌生號碼。

「喂。」

付聲在那邊接電話，嚴歡兩手捂著臉，感覺有些熱。剛才他一時衝動，說出了那番話之後卻被付聲盯得很不好意思。付聲看他的眼神，就像是平時在看他的吉他一樣，那樣專注，帶著火熱的溫度，不由得讓嚴歡的臉皮也發燙起來。

幸好有通電話，打斷了兩人之間趨向曖昧的氣氛。

「我這是怎麼了？」嚴歡懊惱不已，竟然會是因為一個男人臉紅，他是不是太不正常了。

「很正常。」老鬼突然竄出來，「畢竟這是個吻過你的男人。」

「John！」

嚴歡還沒來得及惱羞成怒，就被身後的付聲拉住了。

「嚴歡。」

付聲的聲音有些異樣，嚴歡明顯地察覺到不對。

「出什麼事了？」

看著少年的臉龐，吉他手笑了，只是那笑容似乎帶著別樣的意味。

「就是你所說的大事。」付聲收起手機，嘴角帶著一絲嘲諷的弧度。

「老藍！」

遠遠地便有人高聲招呼，朝著這邊揮手。藍翔停穩車，跨出車門，看著對方一笑。

「好久不見啊！你這臭小子，最近過得還好嗎？」對方一過來，便伸開手臂，緊緊地抱了他一下。

藍翔也使勁摟住對方，「普普通通吧，不過比你好就是了！」

「你還是這麼嘴賤！一點都沒變！」

藍翔看著幾年沒見的老伙伴，打量著對方這幾年不經意間的改變，漫不經心地笑道：「怎麼能不變呢？變老了。倒是你，楊銘，才多久不見，啤酒肚都挺起來了，日子過得很逍遙嘛。」

「靠！我這是宰相肚裡能撐船，你懂個屁。」

兩人寒暄笑罵了一陣，楊銘將藍翔往酒店樓上迎，走進電梯的時候，突然想到了什麼。

「有件事，不知道你聽說了沒有？」

藍翔挑眉，「什麼？」

楊銘按下了十八樓的鍵，等著電梯緩緩地往上升，半晌才開口。

「你關注的那支樂團——悼亡者，被劉先生邀請去參加今年的音樂節。」

說完，他有些忐忑不安地等著藍翔的反應，然而半天都沒有等到。他回過頭去看時，被藍翔的臉色嚇了一跳。

藍翔的臉半掩在電梯昏暗的光線中，一邊明亮一邊暗淡，眉毛緊蹙，嘴角抿緊，整個人看起來就像一尊活羅剎。

「好啊你，楊銘。」注意到楊銘在看他，藍翔抬起頭盯著他，「幾年不見，一見面就給我帶來這麼一個好消息。」

「老藍，你聽我說。這件事我也無法做主，都是上面的人安排……」

藍翔似乎是在隱忍著怒火，整張臉都僵硬著，他閉了閉眼，不再去聽昔日老團員的解釋。電梯閃爍的光芒流連在他臉上，像走馬燈一樣，彷彿在追悼那些逝去的青春、不再的熱血。

物是人非。

藍翔輕輕嘆出一口氣，「你變了，楊銘。」

楊銘沒有回頭，許久才道：「我們都變了。」

嚴歡聽到這個消息的時候，眼睛都亮了一亮。

「翔哥也來了？」他從沙發上一躍而起，「他在哪？什麼時候到，他也來參加音樂節？」

房內的另外兩個人，向寬和付聲，都看著他。

向寬好笑道：「你那麼興奮幹嘛？這種等級的音樂節，藍翔會過來看一看不是很正常嗎？再說了，他那麼忙，哪有空來看你？別做夢了。」

悼亡者一行人正住在音樂節主辦方提供的酒店裡，三個人住一間套房。對於從來沒有體會過合宿，從來沒有住過五星級酒店的嚴歡來說，這是一次前所未有的經歷，難怪他到現在都還這麼興奮，一點都冷靜不下來。

付聲坐在另一張椅子上撥弄著吉他，沒有參與這兩人的閒談。他的眼睛看著吉他弦，卻半天都沒有動，思考著什麼。

嚴歡回頭看他，滿腔的熱血此時也似乎冷靜下來。

「你在擔心什麼？」

付聲抬起頭，就看到那張年輕的面龐湊在自己眼前，正專注地看著自己。

嚴歡問：「是在擔心那個姓劉的？」

劉正，那個早死鬼的哥哥，也是這一次邀請他們參加音樂節的主辦方之一。當時嚴歡聽到竟然是這個傢伙邀請他們參加跨年音樂節，第一個反應就是有詐。然而這麼一個大好機會擺在眼前，又實在讓人不忍心拒絕。而付聲，卻是出乎意料地答應了這個邀請，嚴歡到現在都沒搞懂他是怎麼想的。

「我是擔心。」付聲抬起頭，「不過不是擔心我自己，而是擔心他。」

「誰？劉正？」嚴歡更加摸不著頭腦了。

「我擔心演員都已經上場，好戲卻遲遲不開始。」付聲冷笑，「我很想看看，他到底是在搞什麼把戲。」

嚴歡看著他冰冷的神情，心裡有些擔憂。

「不然、不然我們離開吧？」他有些不捨，卻做出了決定，「不參加音樂節，回去好了。這樣也不用擔心劉正會搞什麼花招，我們不去招惹他不就行了。」

付聲好笑地看著他，這小鬼知道自己說這句話時的表情嗎？一臉肉痛的樣子，一看就知道他很不捨得錯過這次機會。

「你以為我們走了他就能放過我們？還有，陽光怎麼辦？事情不徹底搞清楚，你能安心？你捨得讓陽光一直躲在外面，不敢回來？」

吉他手輕輕撫上嚴歡的臉龐，看著他道：「許多事情我們不能逃避，只能面對。明白嗎？」

「可是……」

「不用擔心，一切有我。」

留下這句讓人心安的話，付聲就不再解釋。他閉上眼養神，像是在為即將到來的一場大戰做準備。

嚴歡盯著他，窗外的夕陽輕撫上付聲俊逸的面容，滑過他臉上每一寸弧度。這樣的付聲好似一名神祇，一支永不倒塌的支柱。即使天塌了，這個人也會義無反顧地幫他頂著，為他重新撐起一片藍天。

心裡有了這種認知，嚴歡不知為何就覺得酸酸的，竟然看著付聲發起呆來。兩人就這樣一坐一站，一個閉眼冥想，一個看著對方發呆，不知過了多久時間。

向寬在一旁瞥了他們一眼，喃喃道：「我覺得我好像挺多餘的。」

這兩人感情什麼時候這麼好了？嚴歡不怕付聲，付聲也變得溫和了。這真是大有改進，和諧得讓向寬覺得自己就是個外人，就是一顆千瓦電燈泡夾在兩人中間。

他此時又分外想念起陽光，最起碼有貝斯手在的話，他當電燈泡也有個伴啊。

敲門聲驟然響起，打斷了三人之間詭異的靜謐氣氛。嚴歡這才清醒，意識到自己剛才竟然看著付聲發呆，連忙尷尬道：「我、我去開門。」

說罷，一連串小跑跑到門口。

「誰啊？……藍翔！啊，痛！」

嚴歡驚喜的聲音從門口傳來，隨後又是一聲痛呼。

「沒大沒小。」藍翔敲了他腦門一下，「叫我什麼？」

「呵呵，翔哥。」嚴歡訕訕地笑。

藍翔掃了眼房內，「付聲在嗎？我有事找他。」

「他在，不過他……」嚴歡剛要說什麼，便聽見身後付聲的聲音。

「來得剛好，我也正要找你。」

他轉身看去，只見付聲不知什麼時候已經睜眼站起身。漆黑的雙眸看著藍翔，似乎醞釀著一場風暴。

藍翔望著他，輕笑。

「看來我們意見一致，出去說吧。」

付聲起身便走。

「唉，等等，等等！」嚴歡連忙拉住他，「有什麼事不能讓我們聽嗎？一起商量啊，付聲！」

吉他手停下腳步，看著拉住自己袖子的人，嚴歡介於青年與少年之間的臉龐還帶著幾分稚嫩，此時正迷惘地看著自己。即便是鐵硬如他，此時眼神也不由得軟了一軟。

「等以後再告訴你。」

他拍了拍嚴歡的肩膀，便走了出去。

門外，藍翔正靠著牆等著他，見他出來，於是站直了身。

香菸的一點火芒在黑暗的走道裡一明一滅，兩個男人對視半晌，藍翔率先向外走去。

付聲緊跟在他身後，直到走到酒店最頂層的天臺。

年末的寒風吹在身上猶如刀割，但是這兩人彷彿毫無所覺。藍翔一直走在前面，此時才停了下來。

「你準備怎麼辦？」

付聲聽見他這麼問自己。

「你在拿自己冒險，拿你們樂團冒險，付聲。」

沒有過多的說明，但是兩人都知道他們在討論什麼。

藍翔沒有回頭看身後的人，他望著樓下車如流水馬如龍，街道燈火闌珊，眼睛裡像是瀰漫了一層霧靄。

他說：「不要步上我的後塵，付聲。」

沙啞的嗓音從冷風中傳來，帶著些許冰涼的意味。

付聲沉默很久。

「我只想一勞永逸，不能讓劉正永遠像陰影一樣罩在我們頭上。我能解決他。」

藍翔氣笑了，「你？一個無權無勢的小樂手，你怎麼解決他？」

「我知道該怎麼辦。」付聲的眸色暗沉，「他總有弱點。」

「不要拿你的前途開玩笑，你不想玩搖滾了嗎，付聲！」

聽著藍翔的警告，付聲無謂地笑了笑。

「不。」

對於付聲來說，搖滾、吉他，就是生命中的一切，沒有什麼比這更重要。走上世界舞臺、成為最優秀的吉他手，就是他唯一的目標。

而現在搖滾依舊是最重要的，卻不再是唯一。他心中的目標，也不再是一個人登上世界頂峰。

他有了新的期待，新的期許——自從那個小小的火光，不經意闖進他的世界開始。

「不。」

他又輕輕重複了一遍，心中是連自己都詫異的溫柔。

「我不會拿他開玩笑。」

付聲這麼說，眼中是一片堅定。

「呼。」

嚴歡往自己手上呵了一口氣，想要暖暖手，然而這口熱氣接觸到外面的冷空氣，很快就凝成一團白霧，帶著寒意，卻絲毫沒有起到暖手的作用。

一旦過了十二月，天氣就冷了起來。按照農曆算一下，現在還沒有到最冷的時候，不過也足夠冷了。偏偏南方不像北方那樣室內有暖氣，大多數時候如果不開空調或電暖氣，室內溫度基本上和室外沒有兩樣。

嚴歡現在就待在一間室內溫度不超過兩三度的房間，穿著薄薄的一件外套，凍得瑟瑟發抖。

距離跨年音樂節還有不到一週的時間，照理說這時候他應該和團員忙著準備曲目和練習，不會有空到外面閒晃。而事實就是，嚴歡好不容易瞞過了付聲的耳目，抽出了這一個小時的時間出來與人幽會。

地點就選在這家偏僻的還沒有空調的雜貨店裡，在寒風中還要忍受對方的遲到和雜貨店老闆懷疑的眼神，嚴歡簡直快要忍無可忍了，他發誓如果五分鐘內那傢伙再不出現，他一定會親自找上門把人抓出來揍一頓！

「嗅！歡！」

正想著，門口傳來一聲愉悅的呼聲。

嚴歡扭頭看去，果然看見是那個害他受凍的元凶此時才姍姍來遲。一頭凌亂的金髮在陽光下熠熠生輝，讓他看上去整個人都好像在發著光。眨著澄澈的藍綠色雙眼，貝維爾愉快地朝嚴歡招手。

「嗅你個頭！」嚴歡忍不住爆粗口，「作為一個標準的英國人，你能不能有一些時間觀念！」

「嗯？你在說什麼，歡。」貝維爾無辜地眨眼睛。

「別裝了！我剛才那句說的是英語，不要告訴我你聽不懂。」嚴歡在老鬼的惡補下，英語能力可以說是突飛猛進，再加上有 **John** 這個隨身翻譯在，和貝維爾交流基本無礙。

「哈哈。」貝維爾絲毫沒有被戳穿的尷尬，「很抱歉讓你久等了，為了表示歉意，讓我請你用午餐如何？」他睜大眼，努力表現出真誠的模樣。

嚴歡瞇眼打量著他，「有時候我真懷疑你是不是標準的英國人。」

「怎麼了？」

「因為你的花花腸子看起來像個法國佬，剛才那套你泡妞的時候對多少美女說過？」

「真是失禮，歡，我敢保證這句話我只對你一個人說過。」貝維爾笑道，「再說，比起討論我究竟是英國人還是法國人這個問題，難道現在你不想去一個溫暖的地方坐一下嗎？可憐的歡，我看你都快凍僵了。」

「也不看看是誰選這個爛地方的，還遲到！」

「沒辦法，我們都要躲開付聲的視線。」貝維爾聳了聳肩，「我可不想這一次的祕密約會再被他打擾。」

十分鐘後，兩人坐在一家有隔間的餐廳，終於開始討論起正事來。

「正如我在電話裡對你說的，關於飛樣樂團，我還有一件事沒有告訴你們。」貝維爾抿了一口咖啡，靜靜地看著嚴歡，「我的經紀人告訴我，飛樣是牽扯上了毒品才遭遇不幸。可其實這件事在我們之中很常見，抱歉，我指的不包括你。」

貝維爾停頓了一下，又道：「其實毒品在搖滾樂手之中並不是一件太大的事，你明白嗎？就像有些人喜歡嚼口香糖，有些人喜歡吃生牛排，對於許多搖滾樂手來說，毒品也只是激發他們靈感的一種方式而已。當然，我這麼說，並不是讓你接受毒品，我知道它不是什麼好東西。」

注意到嚴歡不贊同的眼神，貝維爾又補充了一句。

「我只是想告訴你，歡，既然毒品算不上什麼大事，那為什麼飛樣還會因此而葬送了自己？你想過沒有？」

「因為有人針對他們？那個劉正。」

「那你想過劉正為什麼要針對飛樣嗎？」

嚴歡搖了搖頭，他想不明白。

見狀，貝維爾沒有逼迫他，而是換了個話題。

「搖滾。歡，在你看來，搖滾究竟意味著什麼？」

搖滾意味著什麼？

解脫，自由，能讓自己感覺到還活著，而不是一個死人。

貝維爾從嚴歡的眼睛中看出了他的答案，笑道：「嚴歡，你所認識的只是搖滾樂，而不是搖滾本身。」

「有什麼不同嗎？」

搖滾樂與搖滾，只有一字之差，嚴歡不理解這之中的差異。

「曾有人說搖滾是一場革命，打倒這世上一切既存的事物；也有人說過搖滾是叛逆，反駁一切、質疑一切。搖滾也許是一種讓人著迷的生活方式，它讓你與周圍的事物分離開，變得與眾不同。但是不論它究竟是什麼，嚴歡，它是危險的。」貝維爾的神色顯得有幾分嚴肅，「這世上每天有不少殺人犯聲稱自己是搖滾信徒，也有很多名人政客宣稱自己擁有搖滾精神。搖滾精神，它可以是叛逆、不服輸、革新，但它同樣也是黑暗、死亡、絕望。

「歡，搖滾是一種毒，如果你無法掌握它，就會被它吞噬。」

貝維爾的每一句話都敲打在嚴歡心上，這讓他想起了很久以前老鬼曾經勸告過自己的話。

搖滾不是乾淨的白，相反它是一片黑暗，只有擁有勇氣的人才膽敢踏足。此時聽見貝維爾的這番話，再加上這段時間的經歷，嚴歡才有了更深的感悟。

他突然明白，自己前進的方向未必是一片光明，而更是在黑暗中掙扎著尋找微光。

嚴歡吞了吞口水。

「所以？」

「所以，你認為以搖滾為核的搖滾樂就真的只是一種音樂？」貝維爾反問，「對於每個樂手來說，它都不僅僅是音樂，而對於某些人來說，它有著更大的作用。嚴歡，你知道宗教嗎？」

「嗯，基督教、佛教那種的？」

「雖然這話由一個教徒來說稱不上恭敬。但是我還是要說明，搖滾樂其實和宗教一樣，既可以給予人信仰，也可以覆滅一個人。而對於一些痴迷的人來說，樂手就是他們的神，就是他們的信仰。」貝維爾放下咖啡杯，「我聽說飛樣在解散之前，在你們國家已經擁有了足夠的人氣。」

嚴歡的腦子有半天轉不過彎來，「等等，你這是什麼意思？信仰，人氣……你是說有人想要利用飛樣的人氣，來達成一些目的！可能嗎？」

「為什麼不可能？」貝維爾說，「你知道世界上最出色的的幾支樂團有多少樂迷嗎？你知道這些瘋狂的樂迷曾為他們做了什麼事情嗎？如果你都知道的話，歡，你就不會再這麼輕易地懷疑了。」

信仰的力量是強大的，尤其是當一個人痴狂起來的時候。

「我懷疑，那時你們國內有人抓住了飛樣的把柄，想要利用他們的人氣達到一些不可告人的目的。嚴歡，你要小心一些。」

正在思考的嚴歡突然一愣，看著貝維爾正抓著自己的手，語氣肅然道：「既然他們曾想要利用飛樣，那他們就同樣會想利用你們，小心！」

看著近在咫尺的那雙藍綠眼眸，嚴歡卻覺得一股寒流直沁入心。

搖滾背後的那些汙汙垢垢，實在是讓他無法接受。原本的一片藍天，如今卻多了一塊無法抹去的陰影。

嚴歡心裡一片混亂，心想，付聲知道這一切嗎？他是早有打算嗎？仔細想想，這幾天付聲格外沉默，似乎總有心事，他是不是早預料到了一切，卻打算自己一個人扛！

一想到這些，嚴歡就再也坐不住，他站起身，不顧貝維爾的阻攔就跑了出去。

冷風吹在他臉上，嚴歡卻顧不上，他不停地奔跑著，現在只想要去見一個人，去見付聲。

「我以為你會逃跑。」John突然開口，「你不害怕？」

害怕嗎？當然。

不論裝得多麼成熟，嚴歡也只是一個十八歲的小鬼，還是一個剛剛脫離父母照顧的小孩。將整個世界的陰暗面放在他面前，他不可能會不猶豫。

但是……

「我怎麼能拋下他一個人逃跑！」

嚴歡大吼一聲，義無反顧地向前奔跑。

他不能再讓付聲做一根孤零零的支柱了，他也要保護付聲！

07

#Pray it out

飛吧

二〇二三跨年音樂節！

在彩排的時候，嚴歡差點和團員走散，成為第一個在音樂節上被廣播尋找的「小朋友」。

人實在是太多，不是指觀眾，而是指參加音樂節的樂手和歌手。

今天還只是來自國內的一部分樂團先行彩排，人家國外樂團還沒有露面呢。看著這個人擠人的場面，嚴歡再次想著。

這次真的是鬧大了啊。

海報早在一個月前就貼了出去，算是前期宣傳。然後在一個星期前，正式的宣傳才開始。首先是平面媒體，濱海市所有超過十公尺的看板全都換成了音樂節的宣傳海報；電視媒體也早中晚不間斷地播放音樂節即將開幕的消息；在當地的音樂廣播電臺，DJ們更是以一個小時一次的頻率，不厭其煩地為音樂節做宣傳，向廣播聽眾介紹這次又將會有哪些大咖出場。

這還只是濱海市內的宣傳力度，同時在全國，濱海二〇二三音樂節的宣傳工作都以讓人難以想像的聲勢展開。當某天嚴歡打開電視看新聞，聽到主播一臉正經地說起濱海市的年度音樂節時，他整個人都呆住了。

「你還沒注意到嗎？」路過的向寬憐憫地看著他，「這不僅是音樂節，上面是把這個當做世博、奧運在辦，關係到國家門面的問題，你懂嗎？」

我懂，我懂，我當然懂——個屁啊！

誰會想到這個一向古板的國家會突然走這種路線，開始關注起搖滾！

看著今年的搖滾發展，獨立音樂人似乎隱隱看到了曙光。而悼亡者，正踏在即將掀起的第一波浪尖上迎來時代的轉變。

「麻煩，借過一下。」

「你們是幾號樂團？舞臺不在這邊。」

「請注意，請注意！現場所有彩排的樂團，請到大會舞臺集合，我們將安排今天的彩排順序。午餐請找黃色衣服的工作人員領取，謝謝配合。」

「哎，小心一點，別撞壞！」

「道具組、道具組！東西搬來了嗎？」

周圍非常地吵鬧，人來人往。

站在這個占地十公頃的巨大場地，嚴歡覺得自己整個人都變得渺小起來，像是一粒塵埃，隨時會被風吹走。

「發什麼呆？」付聲拉了他一把，「走，馬上就輪到我們了。」

「好！」嚴歡緊緊跟了上去。

前天回到酒店後，付聲正坐在沙發上翻譜。見他回來，招了招手。

「我正在為新歌編曲，一起想想。」

看著吉他手認真專注的表情，嚴歡滿心的問題突然都說不出口了。有些事情即使不說，他也能夠感覺到。就好比付聲不需要他的擔心，不希望他為別的事情分心，他唯一能做的就是盡全力出演這一次的音樂節，不留遺憾。而背後的陰霾，既然付聲希望他看不見，他就暫時裝作看不見吧。

在操心搖滾樂的各種黑暗面之前，他們首先是一支樂團，搖滾樂團。

濱海音樂節的第三批宣傳海報，列出了國內所有參加音樂節的樂團，悼亡者赫然其上。樂團的中文和英文名字夾在一堆大牌樂團中間，很容易讓人忽視。

但是有心的人，總是能注意到。

正啃著包子的沙崖突然愣住了，盯著那輛剛剛開過的公車。車身側面閃亮的海報險些晃花他的眼，尤其是那上面幾個異常眼熟的名字。

「團長。」

「嗯？」

「我們也去參加濱海音樂節好不好？」

明斐抬起頭來，替他撿起掉在地上的包子，「你醒醒吧。」

同一天，嚴歡老家的某間表演酒吧。

「老闆！我要請假，我要去濱海，我要去看悼亡者的演出！我要預支薪水！」陸佑飛正晃著大腹便便的酒吧老闆的肩膀，一臉渴求。

老闆呵呵一笑，吐出一口煙。

「預支薪水？」

「嗯嗯！」

「一個人跑去看演出？」

「嗯嗯嗯！」

「想都別想。」

「……」

「喂喂喂，我開玩笑的，你哭什麼哭！別哭啊，小鬼。」老闆一慌，一甩手中的報紙，「我是讓你和我一起去啊！老子也要去看他們的演出，畢竟是從我們這裡走出去的樂團嘛！」

於是少年破涕為笑。

「寶寶，寶寶看。」

嚴媽媽晃著手中的小嬰兒，對著電視上的宣傳廣告道，「是哥哥啊，看到沒有？哥哥上電視了。」

在她身旁，嚴爸爸戴上老花眼鏡，正在一張一張地剪報紙。把每一個帶有嚴歡名字、悼亡者團名的報紙都剪下來，小心翼翼地收進盒子裡。

嬰兒「咿咿呀呀」的聲音隨著媽媽的逗弄不斷響起，伴隨著「喀嚓喀嚓」的裁紙聲。這是嚴歡的家，一個四口之家。

同時，濱海市。

「喂，老藍。」

許允背靠在酒吧的走廊牆壁上。

「你看到電視了嗎？我是真沒想到，這一天來得那麼快。

「還記得那天他們在這裡上臺的時候嗎？嚴歡那小子，膽子可小了，哈哈。」

一陣靜默，許允閉上眼。

「是啊，時間過得真快。」

在他對面，一張泛黃的海報上，五個青年正咧嘴笑著。其中的貝斯手，好像正在注視著許允。

他又是一聲嘆息。

「時間不等人啊。」

與此同時，全國各地的每一個角落，關注悼亡者的人們被這個消息緊密地聯繫在了一起。

「你們看啊！」一個穿著背心的男人道，「電視上的那支樂團，我以前和他們一起巡演過！」

「阿凱，你這小子又吹牛！」

「靠，別看我現在這樣，以前老子也是玩搖滾的。」

「你少來了。」

一陣哄笑，修車鋪內一片打鬧聲。

而黑舌女子樂團還在巡演的路上。

「姐，聽說了嗎？真的有點嫉妒。」

樂鳴輕拍了手邊女孩的腦袋，「嫉妒什麼，我們不也是要上場了嗎？」

每個人都有自己的舞臺。

悼亡者無疑是幸運的，他們站在了時代變幻的最前線，擁有改變自己命運的能力。

還有更多人，藍翔、許允、衛禮、陸佑飛、阿凱、傅斌、于成功……

他們都失去了自己的夢想，然而至少現在，他們可以看著悼亡者放心高飛！

飛吧，飛吧！世界再大，也困不住展翅的鳥兒！

「老闆，報紙還有嗎？」

「小哥，你要今天的濱海日報是不是想看音樂節？我這裡有七折的現場票，要不要？哎，小哥，小哥……」

報亭老闆看著走遠的人，悻悻地收回手。

而街角，一道孤獨的背影漸行漸遠。

我知道，世界再大，也困不住你們。

飛吧！

拍攝宣傳片，做造型，專用的聯絡人，專車接送。

這些待遇，嚴歡都在這一次音樂節上第一次享受到了。剛開始的時候他有些受寵若驚，但是習慣後也沒什麼了。就是每次彩排前造型師幫他打理造型的時候，嚴歡很受不了坐在那裡一動也不動地忍受粉撲在臉上。

這個時候他不能說話，只能在心裡和 John 交流。

「你們那時候也會化妝？」

「化妝？」John 借著嚴歡的眼睛看到一個路過的煙燻妝男，「如果你指的是那種的話，沒有。」

接著又道：「除了拍MV時需要做造型，其他時候基本上不用管你臉蛋長什麼樣。他們是來聽歌，又不是來欣賞你的臉。」

嚴歡默，「那為什麼我要化妝？」

「時代變了，歡。」

嚴歡只能在心底默默吐槽真是今非昔比。他一個唱搖滾的男子漢竟然還要抹一層粉才能上場，用向寬的話來說，沒辦法，大眾既然這麼喜歡看帥哥，帥哥你就將就一下吧。像長得普通的，還沒人樂意化呢！嚴歡至今還記得，向寬說這句話時的哀怨臉。

「不過話說回來，那時候也有不少趣事。」說起往事，John突然來了興致，「記得有一陣子，我和伙伴們在專輯裡留了落腮鬍出鏡，後來有一段時期，街上的青少年都開始不剃鬍鬚。你走在街上，每十步就能撞到一個大鬍子。這樣很方便。」

「方便？」

John樂道：「之後我再偷溜出去外面喝酒，就不會被樂迷發現了。」滿街的大鬍子，誰認得出你是誰。

嚴歡無語道：「也只有你會這樣想。」

對於John的真實身分，嚴歡有一陣子真的很想去網路上查個徹底，但是後來想了想還是沒有這麼做。他認識的John，是在他身邊一步步教導他吉他和搖滾的John，而不是某部傳記或者記錄片中，那個存在於過去輝煌中的搖滾樂手。

無論John曾經有什麼身分，嚴歡只需要記得現在陪在他身邊的人是誰就好。所以自那以後，即使經常聽到有人又提到John的樂團和他曾經的那些經典歌曲，嚴歡也沒有再去追根究底的興致。

外面一片喧嘩聲，舞臺上似乎又有一批新的歌手上去試音。嚴歡羨慕地望過去，卻只看到模糊的人影。

「什麼時候到我們……」

一旁正替他做造型的女孩聽見這話，笑了，「總會輪到的，對了，聽說你們樂團是第一次參加跨年音樂節？」

「是啊，所以緊張。」

「緊張什麼？都是這樣一步步來的。」女孩指一指前面幾個聚在一起的大叔，「看到他們沒有？現在國內最紅的硬派樂團。」

嚴歡一眼望去，咦，怎麼有些眼熟？哦，記起來了，好像常在搖滾雜誌上看到，這可是大人物。

「我聽人說，就這幾位大佬，第一年在大音樂節表演的時候也是緊張到撥錯了弦。哈哈，現在你能想像嗎？」年輕的造型師一邊幫嚴歡弄髮型，一邊道，「所以啊，沒啥好緊張的，就這麼一回事。」

她替嚴歡弄好了造型，左看看右看看，很滿意。

「好啦，就是這樣！你上臺只要負責音樂，我們幫你搞定別的，到時候儘管放聲唱吧！」她一笑，臉上露出笑紋，「把下面的觀眾都唱成你們的粉絲！也不枉費我幫你化妝啦！」

嚴歡從椅子上站起來，左摸摸右看看，不敢隨便亂動破壞人家好不容易幫自己弄的造型，又實在待不住了，只好問：「我能出去逛一圈嗎？就隨便看看。」

「行，隨便去，別跑太遠就好。」

得到特赦令，嚴歡總算鬆了口氣，從化妝的地方走了出去。付聲和向寬都各自有事情在忙，沒空管他，他只好自己隨便出去散散心。

音樂節開始前，已經有不少的樂團和樂手聚集了過來。暫時沒有事的，都在廣場那邊坐著和老朋友連絡感情。這幫人經常在全國各地跑，有不少都是彼此認識的，因此突然冒出來嚴歡這麼個新鮮面孔，不少人還挺好奇的。

「小弟弟，不是迷路了吧？」

嚴歡聽到有人喊，最開始還以為是有人找茬，可回頭一看，一個禿頭的大叔正坐在椅子上笑著看他。

「過來過來，陪我坐坐啊，等等再叫你家大人把你領回去。」

嚴歡還來不及反駁，就被大叔一把拉住在他旁邊坐了下去。大叔直接坐在草地上，一點也不擔心剛下過雨的潮溼泥土會弄髒褲子。嚴歡在他身邊坐下後，才有時間仔細打量這位大叔。

微凸的啤酒肚、謝頂的半禿頭，還穿著一身破舊夾克，腳踩一雙白球鞋。和周圍酷炫拉風的搖滾樂手們比起來，這位大叔簡直就是另一種畫風，是一不小心闖進搖滾世界的鄰家大叔。

比起自己，這一位看起來才更像是迷路的吧。

「我沒迷路。」看著這位起碼比自己大二十幾歲的大叔，嚴歡還是忍不住問道，「倒是大叔，你自己才該不會是迷路了吧？」

大叔不答反問：「我可是在這邊住了好幾十年，我會迷路？小朋友不要隨便開玩笑。」

原來是住在附近的大叔跑過來看熱鬧，嚴歡心下了然，同時也放鬆了些。

「我也沒有迷路，是到這邊參加音樂節。而且我已經十八歲了，大叔你直接喊我名字，別喊什麼小朋友，行不行？」

「哈哈！小朋友就是小朋友，還鬧彆扭！」

看著這陌生大叔毫不理會自己，依舊沿用幼稚的稱呼，嚴歡非常無奈。

「對了，你剛才說你是來參加音樂節的。」大叔笑完後，拍拍嚴歡的肩膀，「我也看到你背了吉他，是吉他手？」

「我是……」嚴歡頓了一下，有些不甘心道，「主唱。」

「哈哈，我聽出來了，小朋友心有不甘。」

您真是什麼都聽得出來，嚴歡看著哈哈大叔，無奈地翻了個白眼。

「主唱有什麼不好，主唱很好啊。」大叔安慰他道，「我看了這麼多場音樂節，每次都是主唱最拉風。一出場，底下的小女生就尖叫啊。就是你這個樣子的主唱，這樣就很好嘛，很受歡迎。」

「大叔你常看音樂節？」

「看啊，看了好幾十年。偶爾自己還玩一把，不過現在都是你們年輕人的天下，我們不行啊，淘汰了。」大叔正要拉著嚴歡繼續閒聊，卻突然有人跑過來找他。

「老陸！找你好久了，怎麼還在這裡？」

遠處似乎是有大叔的熟人在找他，有急事要先走的大叔只能告別嚴歡。

「下次再找你玩，小朋友。」陸大叔對他眨了眨眼，「相信我們很快就會再見面的。」

一直處在迷惘狀態的嚴歡看著這位大叔謎一般地出現，又風一樣地離開。一轉眼，又只剩下他一個人。他嘆了口氣，插著口袋背著吉他往前走。還能怎麼辦？繼續逛吧。

比起上次迷笛音樂節那種輕鬆的氣氛，這一次跨年音樂節的準備現場則要嚴肅許多。嚴歡逛了一圈下來，不但沒有放鬆，反而心裡更加緊張了。

最近太多事壓在他心底，不但沒有一個發洩的出口，反而越積越多，讓他都快喘不過氣來。看著舞臺上一支支樂團出色地完成演出，嚴歡的壓力更大了。

他能好好完成這次演出嗎？

他真的有資格站在這片演出地嗎？

甚至，現在樂團陷入困境，只有他一個人還一無所知地只知道唱歌，這樣好嗎？

嚴歡抓了抓腦袋，覺得越想越亂，越想越煩，根本靜不下心來。

煩，煩啊！

「喂，小朋友。」

音響裡突然傳來一聲震聾欲耳的大喊，嚴歡渾身一震，差點以為是自己的幻覺。

「說的就是你，那邊的小朋友！」舞臺上傳來一聲大喊，嚴歡回頭望去，不可思議地看到剛才和他閒聊的那位大叔，現在正站在大舞臺的正中間。

看見嚴歡吃驚的樣子，大叔笑得一臉得意，握著麥克風對他大喊：「主唱是不是很帥啊！我告訴過你，主唱最拉風吧！」

身邊的團員無奈地看著他，搖了搖頭，開始打節拍。

流暢的吉他聲從音響裡傳出，嚴歡就這樣愣愣地站在原地，看著舞臺上好像變了個人的大叔。

還是那件破夾克，還是那個閃光的禿頭，但是握著麥克風的大叔好像有哪裡不一樣了。

吉他的節奏非常舒緩，沒有激昂的前奏，沒有嘶啞的吼聲。緩緩的節拍悄悄流入心扉，大叔張開嘴唱出第一個音符。聲音略帶沙啞，帶著中年人的粗糙，但是神奇的是聽起來竟然很舒服。

這是一首方言歌曲，敘事一般地唱出來。就好像一個鄰家大叔坐在你對面，搖著扇子，對你娓娓道來他年少的故事。

「今朝阿拉兩個人拿起一把木琴，
來唱唱阿拉一道經歷過的童年，
男小孩請儂點好打火機，
小姑娘準備衛生巾擦眼淚。」

大叔的曲調帶著溫暖的氣氛，讓嚴歡一下子回想起剛才坐在草地上他哈哈傻笑的模樣。

天色暗了下來，舞臺上的人被打上了暖色調的光。橘黃色的燈光讓他們看起來像是一幅褪色的老照片，穿越過去，回到了上世紀七〇年代。

「六月裡落雨是黃梅天，
踏腳踏車出去記勞帶雨披，
到老虎灶去泡冰水拖只熱水瓶，

袋袋裡藏了兩角錢，還要一直摸摸伊。」

幽默的語調，唱出一個上世紀老男孩的童年。

男孩會拿著兩毛錢當寶貝，會和弄堂裡的玩伴一起盼著吃大閘蟹，會每年守歲守著少少的壓歲錢，笑得一臉傻兮兮。

童年裡，有巷子裡剃頭髮的外鄉大叔，有羨慕卻吃不起的大飯店，有便宜無比又無比好吃的小零食，有擁擠搖晃的公車。還有媽媽的毛線團，以及幫老媽繞毛線的小男孩。

一切都是那麼珍惜，讓人溫暖。

然而時光飛逝，轉眼間，童年成為了過去記憶中的事情。地鐵取代了公車，兩毛錢再也買不到好吃的，剃頭的外鄉大叔回了家鄉，老媽已經看不清針線，織不了男孩的新毛衣。而當時童年的小玩伴，現在都變成了大叔。

這些，全都是記憶中的故事。

嚴歡聽得茫然，他似乎在歌聲裡看到了一個自己。和爸媽吵架時的悲憤，想要逃出學校的壓抑；加入于成功樂團時的興奮，遇到付聲時的驚喜；再然後，是組成樂團之後的許許多多事情。

有人來了，又離開；

有人相聚，又分別；

歡笑，流淚，憤怒，悲傷，來來往往。雖然在這裡哭過、罵過，但還是離不開，

這就是他喜歡的搖滾，他至今仍追尋的夢。

臺上的吉他手放緩節奏，大叔閉著眼，輕輕哼唱。

「**曾經一個玉樹臨風的搖滾青年，**

現在哈已經開始禿頂，

慢慢變成一個發福的搖滾中年，

來唱唱阿拉的童年撥儂，隨便聽聽，

要是儂沒興趣，就請出去吃香菸，

如果你哈感動，就丟點硬幣，

現在的日子是過了再沒老早那有勁，

挺下來的就是阿拉這些長不大的上海小孩。」[1]

吉他撥出最後一個旋律，曲終，卻讓人久久無法回神。

「怎麼了？」

付聲不知什麼時候走到他身邊，低聲問。

1 《上海同年》歌手：樓頂的馬戲團

道。

嚴歡摸了摸眼角，這才發現自己竟然哭了，淚水是什麼時候流出來的都不知道。

「沒有。」嚴歡擦了擦眼角，看著臺上互相擁抱的大叔。

「我開心。」

再多的迷惘，再多的無措。在這時都被拂去，猶如塵埃被風吹散。大叔溫暖的嗓音就是在告訴他，前進吧，男孩。

未來的路還很長，累了你還可以停下來看一看。

所有的傷痕，都在這一首歌中被撫平。

它說，別哭，男孩。

二十年後再回頭看一看，今天的痛也沒什麼了不起；二十年後再回頭想一想，讓你溫暖快樂的童年。

這時，臺上唱完的大叔又看著嚴歡，大吼：「小朋友，主唱是不是最帥！」

嚴歡一抹眼淚，高聲回應：「是啊！」

最帥！

加油，男孩。

距離跨年音樂節越來越近了，在其他樂團都已經彩排完的時候，悼亡者卻還有一個根本性的問題沒有解決。

他們沒有貝斯手。

現在為了這個問題，悼亡者已經和音樂節舉辦方討論過好多次，但每次都是不歡而散。沒有貝斯手，樂團就失去了靈魂，而失去靈魂的樂團還能稱得上是一支搖滾樂團嗎？令人質疑。

可是無論外人怎麼勸說，悼亡者的樂手們絲毫不打算改變主意。

「我們不接受新成員。」付聲說，「從始至終，悼亡者的貝斯手只有一個人。」

「那也要想一想實際情況啊！」音樂節的現場負責人簡直都快急白了頭髮，「現在所有樂團都安排好了，就你們這裡出了問題。行，你不要別的貝斯手，從其他人那裡臨時抽調一個，總可以吧？」

「我們不需要第二個貝斯手。」

負責人都快急瘋了，「臨時，臨時的意思你懂嗎？只是借給你們用，用完了還要還回去！」

「不用借，不需要。」

「……」

可憐的負責人一口老血哽在喉嚨裡，差點沒被付聲憋死。

「你！」他手指著付聲說不出話來，心火上竄，幾乎就要吼出聲讓悼亡者滾蛋。

「發生了什麼事？」

一個人從遠處走來，發現這邊的動靜便問道。

「柏總！」負責人認出來人，一驚，「這是……這一支樂團不是很配合現場的安排。」

「他們是我請來的特邀嘉賓，有什麼問題？」柏浪轉頭斜睨了他一眼，然後看向付聲道，「是對現場的設施有要求嗎？如果有需要的話，儘管提。」

負責人：「……」這是什麼情況？

付聲道：「我們沒有貝斯手。」

「這我知道。」柏浪道，「你們是打算招新人嗎？」

「並不。」

「那就沒有什麼問題了。」

「等等！柏總！」負責人終於忍不住道，「可是一支樂團沒有貝斯手，他們的低音部分根本無法協調，那觀眾……」

「沒有貝斯手，但還有吉他手、鼓手、主唱。」柏浪道，「我相信悼亡者有辦法自己解決這個問題。」

付聲說：「的確不需要別人操心。」

沒有想到一支沒多大名聲的樂團竟然有這麼大牌的人物撐腰。負責人看著明顯包庇的柏浪，風中凌亂。

「你還站在這裡做什麼？」柏浪皺眉看著他，「沒有別的事要你去做？」

「我……我這就去。」

看著負責人失魂落魄離開的背影，付聲輕嗤一聲。

「多虧了你的面子，柏先生。」

「不會。」柏浪道，「再大的面子也是你們自己贏來的，沒有實力的人一無所有，有實力的人就有權力掌握一切。」

付聲看著他，「你認為悼亡者是後者？」

「我相信是。」

付聲有些譏嘲地笑一笑，「是嗎，你相信？」

兩人不再說話，彼此凝視了有十多秒，柏浪才再次出聲：「祝你們這次演出順利，再見。」

付聲一動也不動地站在原地，看著柏浪走遠。

向寬不知道從哪裡突然冒出來，「無事獻殷勤，非奸即盜。你還打算和他們玩多久？」

付聲微微勾唇，聲音低沉，「玩到死為止。」

「……你認真的？」

付聲瞥他一眼，懶得多說。

「不是吧！」向寬瞪大了眼睛，「那嚴歡怎麼辦？我們可以冒險，但是他呢？你捨得?!」

付聲道：「當然……」

「當然什麼！」嚴歡蹦出來，「你們在偷偷說什麼不告訴我？」

「……當然你是個白痴。」付聲看著跳出來的嚴歡，「吉他練好了嗎，就有空出來玩？」

「呃，那個。」嚴歡結巴，「我就是出來透口氣，等一下就回去、等一下就回去，哈哈。」

付聲一拳頭打在他腦袋上，「哈你個頭，給我回去練習。本來就少了貝斯，再加上你這個半吊子吉他，你是打算讓我們在十幾萬人面前丟光臉？」

缺少了貝斯，付聲決定用雙吉他來做一些彌補。但是嚴歡現在這樣的水準，怕是要拖後腿啊。嚴歡自己心裡也知道，可是現在他哪裡靜得下心來練吉他呢？想練習也沒辦法。

「我剛才……看見好像有音樂節的負責人來找你了？他說什麼？是不是還是要我們去另外找個貝斯手？」摸著被付聲揍過的腦袋，嚴歡悶悶不樂道。

付聲看著他，嘆了口氣，「我說過，悼亡者的貝斯手只會有陽光一個，還是你不相信我？」

「但是陽光還不知道人在哪裡……要是當天表演得不好呢？」

「還沒開始就喪氣的人，當然不會有好的演出。」付聲道，「還是你以為少了陽光，我就無法掌控局面？」

他威脅似地眯眼看嚴歡，「原來在你心裡，我就這點實力？」

嚴歡寒毛直豎，「當然不是！哈哈，您這樣的大神，怎麼可能會撐不了場面。我這不是擔心我自己嘛，是擔心自己會拖後腿！」

「原來你這麼有自覺。」

「沒錯沒錯！」嚴歡連連點頭。

「那還不快去練習。」付聲對他笑了，「去啊，拖後腿的。」

「……」嚴歡終於嘗到搬石頭砸自己的腳是什麼滋味，但是說出來的話總不能當屁放。他只能含恨地鑽回小黑屋裡，繼續練習吉他。

向寬看著兩人感嘆道：「我覺得嚴歡最近越來越不怕你了。」

付聲微微一笑，不說話。

向寬盯著他看了片刻，又嘆氣，「也只有在和嚴歡說話的時候你才會放鬆一點，付聲，你把自己逼得太緊了。」

「……」付聲慢慢收起笑容，「我能不逼緊嗎？」

他看向遠處的大舞臺，低聲道：「這一局，輸不起。」

這是，悼亡者輸不起的局。

嚴歡回到練習的小房間後，還是有些不樂意。

「我真的靜不下心來，John，付聲是不是還有什麼在瞞著我？」

「瞞著你的事情很多，你要一個個去問清楚？」John不以為意道，「每個人都有自己的祕密。」

「但我總覺得他這次是瞞著一件大事！」嚴歡道，「這次付聲說要來參加音樂節的時候我就有預感，他是在孤注一擲，但是我卻不知道他在想什麼。這滋味真他媽難受！」

「我還以為你已經想明白了，你不是一直都被他們瞞著很多事嗎？」

「想明白了和想開了是兩回事好不好？他們兩個什麼都不告訴我，就我一個人被蒙在鼓裡。」嚴歡抱怨。

「那是因為他們想要保護你。」

「但是我已經滿十八歲了！高中都快畢業了，我成年了！」

「成年？」John輕笑，「歡，在他們看來，你還是個小孩，在我看來也是。」

「……」

「你要想真正長大，只有經歷磨練。我想，也許這一次就是一個好機會。」John說，「你可以嘗試著靠自己的力量來完成一些事情。」

嚴歡一愣，「我自己？我……」他沉默下去，表情嚴肅，好像在認真思考著什麼。

許久，他問：「John，你說陽光這次會來音樂節嗎？」

「不知道。」John道，「但如果是我，我會。」

「為什麼？」

「如果我是他，在離開搖滾後唯一牽掛的就是——」John道，「看你們能飛多遠。」

這是一個選擇離開的人，心裡唯一放不下的。

嚴歡聽後眼前一亮，有了個好主意，他想了想道：「John，離音樂節只有三天了。」

「是啊。」

「你說我再寫一首歌怎麼樣？」

John輕笑。

「寫吧。」

三天後，二〇二三濱海音樂節正式開幕。這一天，濱海下起濛濛的細雨。年關將至，路燈上都裝飾起一串一串的紅燈籠，溫暖的光芒在朦朧細雨中搖曳身姿，如同民初時穿著紅色旗袍的舞女，在寒風中留下一道道曖昧的光影。

前往音樂節場地的道路上擠滿了車，停車場早已經停滿，剩下的人便沿著盤山公路將車停在路邊，這車隊一路停下來，幾乎是從半山腰擺到了山下。

從山頂到山腰，放眼看去，全是各色的車燈在閃亮，彷彿一條巨龍盤桓在山上。巨龍張開巨口，口中所包圍的正是這一次音樂節的舉辦地。之所以選在山上舉辦，是因為在市區找不到這麼大的場地。山路雖然崎嶇，但是整座山上開闢了不少空地可以作為表演場。空地都是戰爭時期存糧存軍備用的，甚至也有原來的山賊舊寨遺址，現在全拿來物盡其用當做演出場地。因此，這一次的音樂節分成了四個場地，分別在山上的不同位置。

一號場地是國內流行樂表演場，登場的都是近年來華語歌壇的當紅巨星，擁有最大的主舞臺；二號場地是外國樂團專用場，算是禮遇客人，所以場地設備也都是最頂尖的；三號和四號場地就略遜一籌，但是畢竟是跨年音樂節，所有的設施都完善齊備，只是舞臺上沒有防水棚，等一下上臺的時候樂手們只怕都要淋成落湯雞了。

另外，每一個演出場地都有現場直播，四座舞臺的轉播都可以在所有舞臺附近的大螢幕上看到，只不過這些轉播只有畫面，沒有聲音。

下午五點，一切準備就緒，所有演出樂團都已經排練好，只等著觀眾到來。

五點半，開始陸陸續續地有人進場。

六點，山下的車隊開始排起了長龍。

六點半，據統計，入場人數已經突破十萬，還在繼續上漲中。

七點，音樂節正式開始！

最先亮起燈光的是一號舞臺，當舞臺上的探照燈亮起時，臺下久候的觀眾們一片歡呼。接著，二號、三號、四號舞臺的燈光也陸續點亮，如同巨龍點睛，為這次徹夜的狂歡打開了序幕。

當第一位歌手踏上主舞臺的時候，嚴歡還在後臺緊張地備戰。付聲在他左手邊，向寬在他身後，和以往一樣。只是右手邊少了熟悉的那道人影，心裡像是缺了一塊，空空蕩蕩。嚴歡握了握拳，心想無論如何，一定要將陽光帶回來！

「準備好了嗎？」正在調弦的付聲出聲道，「還有幾支樂團，就輪到我們了。」

嚴歡清了清喉嚨，說實話他現在真的是非常緊張，以往的哪一次演出都沒有像現在這樣緊張過。因為對他來說，這不僅是一次演出，更是贏回伙伴的一場戰鬥，當然更加不能退縮。

「我準備好了。」他大聲道，「沒問題，隨時都可以上場。」

向寬從後方伸手揉一揉他的腦袋，「現在信心滿滿，等一下不會出什麼差錯吧？」

嚴歡有些心虛地躲過他的大手，心裡有鬼他會表現出來？他才不傻，要是真的想做什麼，絕對不能讓付聲和向寬發現。於是，嚴歡故作坦然道：「我有自信肯定能好好表演，毫無差錯。」

「哦？」向寬笑了笑，也不多說什麼。

只有付聲，一雙黑眸在嚴歡身上一掃而過，卻沒有深究。嚴歡被他打量時有些膽顫，在付聲收回視線後又莫名有些失望。最近一段時間以來，付聲真的是表現得太平靜了，平靜得讓他都覺得詭異。而且，自從數月前那個莫名其妙的吻後，付聲一直都沒有什麼進一步的動作。說好的繼續發展感情、表白什麼的，都被狗啃了？

「喂喂，後面那幾句是你腦補的吧。」John有些受不了他，「付聲有說要跟你表白嗎？不要這麼自戀。說不定人家也只是一時興起，就你才當一回事。」

「一時興起?!」嚴歡不服氣了，「我和別人能比嗎？我是一般人嗎？為什麼就不能當一回事了？連向寬和陽光都說過，付聲對我是不一樣的。我是特別的那個，懂嗎？不要把我跟那些路人相提並論。」

「呵呵，那你是希望付聲跟你表白？」John壞笑，「然後怎麼做？答應他，然後兩人相親相愛，幸福地生活在一起？」

「我暫時還沒想好，等他真的表白了，再容我考慮一下。」

John嗤笑，「就臭屁吧，小鬼頭！」

說實話，嚴歡自己也搞不太清楚他對付聲是什麼感情。從一開始的敬佩，到認識後的敬畏，再到之後的信任和崇拜，他對付聲的感情中更多的是敬意，但也不是沒有獨占欲在裡面，可是若說是愛，好像還稱不上。只是想像和付聲做進一步親密接觸的話，好像也不是很排斥，上次的那個吻就並不討厭。

所以，這就是喜歡？

「嚴歡。」

「啊喂，嚴歡！」

向寬喊了好幾遍，見某人還是在原地發呆，只能無奈地向付聲求救。付聲走過去，伸手抬高嚴歡的下巴。

「想什麼呢？」

正在意淫著某人，某人放大的俊臉就突然出現在自己面前，而且那超磁性的男低音還貼得那麼近傳過來，嚴歡立刻滿臉通紅，「我我我……我剛剛恍神。」

「在想什麼？」

想你啊！

這話當然不能說。嚴歡只好打哈哈道：「想著等一下的演出，想觀眾會有怎麼樣的反應，想會有多少人喜歡我們的搖滾。」

原本只是應付的回答，說著說著，嚴歡也認真思考起來。

「我想知道，悼亡者的演出能夠打動多少人。」

說出最後這句話的時候，他是百分之百的認真。

付聲看了他好久。

「閉起眼。」

「嗯?」

「聽話。」

嚴歡有些不知所措,但是在付聲難得的溫柔勸說下,還是乖乖地閉上了眼。

一閉起眼,周圍的聲響就變得越發鮮明。外面舞臺上轟隆隆的奏鳴,觀眾們亢奮的歡呼聲,甚至連遠處細雨接連不斷地敲打樹葉的聲音,都在耳邊變得清晰,彷彿近在眼前。

「聽見了嗎?那些歡呼。」付聲道,「這裡面有多少人在歇斯底里,有多少人在為舞臺上的演出尖叫,聽見了嗎?你此刻聽見的是幾千、數萬人共同吶喊的聲音。這所有的一切,都代表著他們對正在演奏的樂團的喜愛。」

嚴歡認真去聽,漸漸地,在那千篇一律的歡呼聲中分別出了許多不同的聲響。有的人聲嘶力竭,幾乎快要將喉嚨喊啞;有的人放聲高歌,正隨著臺上的歌聲同唱;還有許多含糊不清的哽咽,似乎都想像得出淚水沿著他們臉頰流下,與雨水融成一片,又消失在大地上的場景。這一切的一切,都代表著觀眾們熱切的心情。

十萬人,十萬雙眼睛,十萬對耳朵,正共同關注著這場音樂盛宴!

嚴歡不禁渾身一顫,彷彿自己聽見的不再是人聲沸騰,而是那一聲勝過一聲的驚濤拍岸,逐漸地,凶猛而來的潮水似乎要將他整個人吞沒。

正在這時，付聲輕輕撫摸他的雙眼。

「聽到了吧，這些歡呼都是為舞臺上的人準備的，而我們要得到比這更灼熱的呼聲，嚴歡，你能做到嗎？」

嚴歡睜開眼。

他看見付聲深邃的眸，這雙眼很少表露出多麼激烈的情緒，哪怕只是平平淡淡也能鎮壓住很多人。然而，現在嚴歡卻在這雙眼裡看到了期望。它是皎月升空時最明亮的那抹光，是穿破萬丈高樓的凜冽寒風，是雄鷹搧翅劃破層層濃霧時的一道銳利弧線。

嚴歡不會拒絕這樣的一雙眼，他的心也不允許他拒絕。

「當然。」他道，信誓旦旦地，「我們要做的，就是贏得整個晚上最響亮的喝采！」

付聲望著他，突然笑開。那絕對是嚴歡有史以來見過，付聲最好看的一個笑容。就在他都有些看呆時，旁邊催場的人趕過來打斷了這兩人的含情脈脈。

「悼亡者，下一個輪到你們上臺，做好準備！」

三人聞言，都不約而同轉頭看向舞臺。

那是即將帶領他們前去新世界的舞臺。

「到我們了。」付聲說。

「是啊。」向寬應聲，「可惜陽光不在這。」

嚴歡默默地看著那似乎無比高大的舞臺，看著遠處隱隱約約的人海，心想，你也會在這嗎，陽光？你此時此刻也在這群人之中，等待看我們的演出嗎？

一道光打下來，照亮三人即將攀登的階梯。

「走吧。」付聲拉起嚴歡，回頭看向他。

「去我們的舞臺上。」

前往，屬於悼亡者的新世界。

——《聲囂塵上04》完

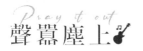

高寶書版集團
gobooks.com.tw

BL068

聲囂塵上04

作　　者　YY的劣跡
繪　　者　瑞　讀
編　　輯　林雨欣
校　　對　薛怡冠
美術編輯　彭裕芳
排　　版　彭立瑋
企　　劃　李欣霓

發 行 人　朱凱蕾
出　　版　三日月書版股份有限公司
　　　　　Printed in Taiwan
地　　址　臺北市內湖區洲子街88號3樓
網　　址　www.gobooks.com.tw
電　　話　(02) 27992788
電　　郵　readers@gobooks.com.tw（讀者服務部）
傳　　真　出版部　(02) 27990909　行銷部 (02) 27993088
郵政劃撥　50404557
戶　　名　三日月書版股份有限公司
發　　行　英屬維京群島商高寶國際有限公司台灣分公司
　　　　　Global Group Holdings, Ltd.
初版日期　2022年7月

本著作物《聲囂塵上（搖滾）》，作者：YY的劣跡，由北京晉江原創網絡科技有限公司授權出版。

國家圖書館出版品預行編目(CIP)資料

聲囂塵上/YY的劣跡著.-- 初版. -- 臺北市：三日月書版股份有限公司出版：英屬維京群島高寶國際有限公司臺灣分公司發行, 2022.07-
面；　公分. --

ISBN 978-986-0774-85-6(第4冊：平裝)

857.7　　110017878

三日月書版

三日月書版

GOBOOKS
& SITAK
GROUP©

GOBOOKS & SITAK GROUP©